El ojo

Vladimir Nabokov

El ojo

Traducción de Juan Antonio Masoliver Ródenas

EDITORIAL ANAGRAMA

BARCELONA

Título de la 1.ª edición en ruso:
  Soglyadati, señalizado en
  «Sovremenny Zapiski»
  París, 1930

Título de la 1.ª edición en inglés:
  The Eye (traducido por Dmitri Nabokov
  en colaboración con el autor)
  Phaedra
  Nueva York, 1965

*El traductor agradece la colaboración de
Celia Szusterman*

Ilustración: © Marta Font

Primera edición en «Panorama de narrativas»: 1986
Primera edición en « Compactos»: marzo 1999
Segunda edición en « Compactos»: marzo 2010
Tercera edición en « Compactos»: octubre 2024

Diseño de la colección: Julio Vivas y Estudio A

© Vladimir Nabokov, 1965

© EDITORIAL ANAGRAMA, S. A. U., 1986
  Pau Claris 172 Principal 2ª
  08037 Barcelona

ISBN: 978-84-339-2730-9
Depósito Legal: B. 8922-2024

Printed in Spain

Liberdúplex, S. L. U., ctra. BV 2249, km 7,4 - Polígono Torrentfondo
08791 Sant Llorenç d'Hortons

A Vera

PREFACIO

El título ruso de esta novelita es (en su transcripción tradicional) *Soglyadatay,* pronunciado fonéticamente «Sagly-dat-ay», con el acento en la penúltima sílaba. Es un antiguo término militar que significa «espía» u «observador», ninguno de los cuales tiene la flexible amplitud de la palabra rusa. Después de considerar «emisario» y «gladiador», renuncié a la idea de combinar sonido y sentido, y me contenté con mantener el «ay» (pronunciación fonética de *«eye»:* ojo) al final del largo tallo. Con este título el relato se abrió camino plácidamente a lo largo de tres números de *Playboy* en los primeros meses de 1965.

Compuse el texto original en 1930, en Berlín –donde mi mujer y yo habíamos alquilado dos habitaciones a una familia alemana en la tranquila Luitpoldstrasse–, y apareció a finales de ese año en la revista de emigrados rusos *Sovremennyya Zapiski,* de París. La gente de este libro son los personajes favoritos de mi juventud literaria: expatriados rusos que viven en Berlín, París o Londres. En realidad, por supuesto, también podrían haber sido noruegos en Nápoles o ambracianos en Ambridge: siempre he sido indiferente a los problemas sociales, limitándome a utilizar el material que casualmente tenía a mano, como un comensal locuaz dibuja la esquina de una calle en el mantel o dispone una miga y dos aceitunas

7

como un diagrama entre el menú y el salero. Una consecuencia divertida de esta indiferencia a la vida en comunidad y a las intrusiones de la historia es que el grupo social arrastrado descuidadamente al centro de atención artístico adquiere un aire falsamente permanente, que el escritor emigrado y sus lectores emigrados dan por supuesto en determinado momento y en determinado lugar. Los Ivan Ivanovich y Lev Osipovich de 1930 hace tiempo que han sido sustituidos por lectores no rusos y que hoy en día están perplejos e irritados por tener que imaginar una sociedad de la que no saben nada; ya que no me importa repetir una y otra vez que manojos de páginas han sido arrancados del pasado por los destructores de la libertad, desde que la propaganda soviética, hace casi medio siglo, confundió a la opinión pública extranjera haciéndola ignorar o denigrar la importancia de la emigración rusa (que todavía espera su cronista).

La época de la narración es 1924-25. La guerra civil ha terminado en Rusia hace unos cuatro años. Lenin acaba de morir, pero su tiranía sigue floreciendo. Veinte marcos alemanes no llegan a cinco dólares. Entre los expatriados del Berlín del libro hay desde indigentes hasta prósperos hombres de negocios. Ejemplos de los últimos son Kashmarin, el marido de pesadilla de Matilda (que evidentemente se escapó de Rusia por la ruta del sur, por Constantinopla), y el padre de Evgenia y Vanya, un caballero de edad (que dirige juiciosamente la filial londinense de una empresa alemana, y mantiene a una corista). Kashmarin es probablemente lo que los ingleses llaman de «clase media», pero las dos jóvenes damas del número 5 de Peacock Street pertenecen claramente a la nobleza rusa, con título o sin él, lo que no les impide tener gustos bárbaros en sus lecturas. El carigordo marido de Evgenia, cuyo nombre hoy en día resulta más cómico, trabaja en un banco de Berlín. El coronel Mukhin, un pedante desagradable, luchó en 1919 bajo el mando de Denikin, y en 1920 bajo el de Wrangel, habla cuatro lenguas, ostenta un aire frío y mundano, y probablemente le irá bien con el trabajo fácil hacia el que lo está dirigiendo su futuro suegro. El bueno de Roman Bogdanovich es un báltico empapado de cultura alemana, más que rusa. El excéntrico judío Weinstock, la pacifista doctora Marianna Nikolaevna y el mismo narrador, que no pertenece a ninguna clase concreta, son representantes de la multifacética intelectualidad rusa. Estas indicaciones deberían facilitar un poco las cosas a ese tipo de lector que (como yo mismo) desconfía de las novelas que tratan de personajes espectrales en ambientes que no le son familiares, tales como las traducciones del magiar o del chino.

Como es bien sabido (para emplear una famosa frase rusa), mis libros no solo cuentan con la bendición de una ausencia absoluta de significación social, sino que además están hechos a prueba de mitos: los freudianos revolotean ávidamente en torno a ellos, se acercan con oviductos ardientes, se detienen, husmean y retroceden. Por otra parte, un sicólogo serio puede distinguir por entre mis criptogramas centelleantes de lluvia un mundo de disolución del alma en el que el pobre Smurov solo existe en la medida en que se refleja en otros cerebros, que a su vez se encuentran en el mismo trance extraño y especular que él. La textura del relato remeda las novelas policíacas, pero en realidad el autor renuncia a toda intención de engañar, confundir, embaucar o bien de defraudar al lector. En efecto, solo el lector que pesque inmediatamente el sentido obtendrá una auténtica satisfacción de *El ojo*. Es poco probable que incluso el más crédulo y más atento de los lectores de este rutilante relato tarde mucho en darse cuenta de quién es Smurov. Lo probé con una anciana dama inglesa, con dos doctorandos, con un entrenador de hockey sobre hielo, con un médico y con el hijo de doce años de un vecino. El niño fue el más rápido; el vecino, el más lento.

El tema de *El ojo* es el desarrollo de una investigación que conduce al protagonista por un infierno de espejos y acaba en la fusión de imágenes gemelas. No sé si los lectores modernos

9

compartirán el intenso placer que obtuve hace treinta y cinco años componiendo en un determinado esquema misterioso las distintas fases de la búsqueda del narrador, pero en todo caso el énfasis no está en el misterio sino en el esquema. Averiguar el paradero de Smurov sigue siendo, creo, un deporte excelente a pesar del paso del tiempo y de los libros, como lo es el paso del espejismo de una lengua al oasis de otra. La trama no podrá reducirse en la mente del lector —si leo correctamente esa mente— a una dolorosísima historia de amor en la que un atormentado corazón no solo es desdeñado, sino también humillado y castigado. Las fuerzas de la imaginación, que, a la larga, son las fuerzas del bien, permanecen firmemente del lado de Smurov, y la amargura misma del amor torturado resulta tan embriagadora y tonificante como su más extática satisfacción.

VLADIMIR NABOKOV
Montreux, 19 de abril de 1965

El ojo

Conocí a esa mujer, a esa Matilda, durante mi primer otoño de vida de emigrado en Berlín, a principios de los años veinte de dos etapas de tiempo, este siglo y mi asquerosa vida. Alguien acababa de encontrarme un puesto como preceptor en una familia rusa que todavía no había tenido tiempo de empobrecerse, y que seguía sustentándose con los fantasmas de sus antiguas costumbres de San Petersburgo. No había tenido experiencia previa en la educación de niños: no tenía la menor idea de cómo comportarme y de qué hablar con ellos. Eran dos, ambos varones. En su presencia sentía una cohibición humillante.

Llevaban la cuenta de lo que fumaba, y esa suave curiosidad me hacía mantener el cigarrillo en un ángulo extraño e incómodo, como si fuese la primera vez que fumaba; se me caía constantemente la ceniza en el regazo, y entonces sus limpias miradas pasaban atentamente de mi mano al polen gris claro que al frotarlo penetraba paulatinamente en la lana.

Matilda, una amiga de sus padres, los visitaba a menudo y se quedaba a cenar. Una noche, al irse, como caía un estrepitoso aguacero, le prestaron un paraguas, y ella dijo:

—Qué amables, muchas gracias, el joven me acompañará a casa y se lo devolverá.

A partir de entonces, acompañarla a su casa era uno de mis deberes. Supongo que más bien me atraía, esa dama rolliza, sin inhibiciones, con ojos de vaca y una boca grande que formaba un frunce carmesí, un intento de capullo de rosa, cuando se miraba en su espejo de bolsillo para empolvarse la cara. Tenía los tobillos delgados y un andar airoso que compensaba muchas cosas. Rezumaba un calor gracioso; en cuanto aparecía, yo tenía la sensación de que habían subido la calefacción del cuarto, y cuando, tras deshacerme de este gran horno vivo al acompañarla a su casa, regresaba solo entre los sonidos líquidos y el brillo de azogue de la noche despiadada, tenía frío, frío hasta casi sentir náuseas.

Más tarde llegó su marido de París y venía a cenar con ella; era un marido como cualquier otro, y no le presté mucha atención, salvo para reparar en la costumbre que tenía de carraspear en el puño antes de hablar, con un ruido rápido y sordo; y en el pesado bastón negro de puño brillante con el que daba golpecitos en el suelo mientras Matilda transformaba la despedida de la anfitriona en un exuberante soliloquio. Al cabo de un mes el marido partió, y, la misma noche en que por primera vez la acompañé a su casa, Matilda me invitó a que subiera para que me llevara un libro que hacía tiempo intentaba persuadirme de que leyera, algo en francés titulado *Ariane, Jeune Fille Russe*. Llovía como de costumbre, y había halos temblorosos en torno a los faroles; mi mano derecha estaba sumergida en el pelo caliente de su abrigo de piel de topo; con la izquierda sostenía un paraguas abierto sobre el que tamborileaba la noche. Este paraguas —más tarde, en el piso de Matilda— estaba abierto junto a un radiador de vapor y no dejaba de gotear y gotear, vertiendo una lágrima cada medio minuto, y así logró formar un gran charco. En cuanto al libro, me olvidé de llevármelo.

Matilda no fue mi primera amante. Antes de ella, me amó una costurera de San Petersburgo. También ella era rolliza, y también ella no dejaba de aconsejarme que leyera cierta novelita *(Murochka, historia de la vida de una mujer)*. Estas dos abundantes damas emitían, durante la tormenta sexual, un pitido agudo, asombrado, infantil, y a veces me parecía que había sido un esfuerzo inútil todo lo que había sufrido cuando me escapé de la Rusia bolchevique, cruzando, muerto de miedo, la frontera finlandesa (aunque fuera en un tren rápido y con un pase prosaico), solo para saltar de un brazo a otro casi idéntico. Además, Matilda pronto empezó a aburrirme. Tenía un tema de conversación constante y, para mí, deprimente: su marido. Este hombre, decía, era un noble bruto. La mataría en el acto si llegara a enterarse. La adoraba y era ferozmente celoso. Una vez, en Constantinopla, había agarrado a un francés emprendedor y lo golpeó varias veces contra el suelo, como a un trapo. Era tan apasionado que daba miedo. Pero era hermoso en su crueldad. Yo intentaba cambiar de tema, pero este era el caballo de batalla de Matilda, que ella montaba con sus muslos gordos y robustos. La imagen que creaba de su marido resultaba difícil de conciliar con el aspecto del hombre en el que yo apenas si había reparado. Al mismo tiempo, me parecía sumamente desagradable conjeturar que después de todo tal vez no era una fantasía suya, y, en ese momento, un celoso fanático en París, percibiendo la situación difícil en que se encontraba, estaba representando el papel banal que le había asignado su esposa: rechinar los dientes, poner los ojos en blanco y respirar hondo por la nariz.

A menudo, cuando regresaba trabajosamente a casa, con la petaca vacía, la cara ardiéndome en la brisa matutina como si acabase de quitarme el maquillaje teatral, con una palpitación de dolor que me resonaba en la cabeza a cada paso, examinaba por todos lados mi insignificante felicidad, y me maravillaba, me apiadaba de mí mismo, y me sentía abatido y asustado. Para mí la cumbre del acto amoroso no era más que una loma desierta con una vista despiadada. Al fin y al cabo, para vivir feliz, un hombre tiene que conocer de vez en cuando unos instantes de perfecto vacío. Sin embargo, yo estaba siempre expuesto, siempre con los ojos abiertos; incluso cuando dormía no dejaba de vigilarme, sin comprender nada de

15

mi existencia, me enloquecía la idea de no poder dejar de ser consciente de mí mismo, y envidiaba a todas esas personas simples –oficinistas, revolucionarios, tenderos– quienes, con confianza y concentración, realizan sus trabajos insignificantes. No tenía ningún caparazón de ese tipo; y en aquellas mañanas terribles de color azul pastel, mientras mis tacones resonaban por la ciudad desierta, imaginaba a alguien que se enloquece porque empieza a percibir claramente el movimiento de la esfera terrestre: allí está, tambaleándose, intentando mantener el equilibrio, agarrándose a los muebles; o sentándose junto a una ventana con una mueca excitada, como la del desconocido en un tren que se dirige a ti diciendo: «Vaya forma de devorar las vías, ¿no es cierto?» Pero pronto tanto sacudimiento y balanceo lo marean; empieza a chupar un limón o un cubito de hielo, y se tiende en el suelo, mas todo en vano. El movimiento no puede detenerse, el maquinista está ciego, los frenos no se encuentran por ninguna parte: y el corazón le estalla cuando la velocidad se vuelve intolerable.

¡Y qué solo estaba! Matilda, que preguntaba coquetamente si escribía poesía; Matilda, que me incitaba astutamente a que la besara en la escalera o en la puerta, solo para tener la oportunidad de fingir un estremecimiento y susurrar apasionadamente: «Qué loco...»; Matilda, naturalmente, no contaba. ¿Y a quién más conocía yo en Berlín? Al secretario de una organización de ayuda a los emigrados; la familia que me empleaba como preceptor; el señor Weinstock, propietario de una librería rusa; la viejecita alemana a la que había alquilado antes una habitación: una lista exigua. Así que todo mi indefenso ser invitaba a la calamidad. Una noche, la invitación fue aceptada.

Eran aproximadamente las seis. En el interior el aire se iba haciendo más pesado a medida que anochecía, y yo apenas podía distinguir las líneas del divertido cuento de Chejov que estaba leyendo con voz insegura a mis educandos; pero no me atrevía a encender las luces: esos niños tenían una extraña propensión, impropia en personas de su edad, a la frugalidad, un odioso instinto para la economía doméstica; sabían el precio exacto de los embutidos, la mantequilla, la electricidad, las distintas marcas de coches. Mientras leía en voz alta *Los amores del contrabajo,* tratando inútilmente de divertirles, y sintiendo vergüenza por mí mismo y por el pobre autor, sabía que se daban cuenta de mi lucha con el borroso anochecer y esperaban tranquilamente para ver si iba a aguantar hasta que se encendiera la primera luz en la casa de enfrente, que diera el ejemplo. Lo conseguí, y la luz fue mi recompensa.

Apenas me estaba preparando para dar mayor animación a mi voz (al acercarse el pasaje más divertido del cuento) cuando de pronto sonó el teléfono en el vestíbulo. Estábamos solos en el piso, y los niños se pusieron en pie de un salto y se lanzaron a la carrera hacia el discordante sonido. Permanecí con el libro abierto en el regazo, sonriendo tiernamente a la línea interrumpida. La llamada resultó ser para mí. Me senté en un crujiente sillón de mimbre y acerqué el auricular al oído. Mis alumnos se quedaron a mi lado, uno a la derecha, el otro a la izquierda, observándome imperturbables.

–Salgo ahora mismo –dijo una voz masculina–. Confío en que estará en casa.

–Su confianza no se verá traicionada –contesté de buen humor–. Pero, ¿quién es usted?

–¿No me reconoce? Tanto mejor: será una sorpresa –dijo la voz.

–Pero me gustaría saber quién habla –insistí, riendo. (Más tarde fue solo con horror y vergüenza como recordé el malicioso tono burlón de mi voz.)

–A su debido tiempo –dijo la voz, cortante.

Ahí es cuando empecé realmente a divertirme:

–Pero, ¿por qué? ¿Por qué? –pregunté–. Qué forma más divertida de...

Me di cuenta de que estaba hablando al vacío, me encogí de hombros y colgué.

Volvimos al salón. Dije:

—Vamos a ver, ¿dónde estábamos?

Y, una vez encontrado el pasaje, reanudé la lectura.

Sin embargo, sentí una extraña inquietud. Mientras leía mecánicamente en voz alta, me seguía preguntando quién podría ser este invitado. ¿Un recién llegado de Rusia? Revisé vagamente las caras y las voces que conocía –por desgracia no eran muchas– y por alguna razón me detuve en un estudiante llamado Ushakov. El recuerdo de mi único año de universidad en Rusia, y de mi soledad allí, conservaba al tal Ushakov como un tesoro. Cuando, durante una conversación, yo adoptaba una expresión maliciosa y ligeramente soñadora al mencionarse la canción festiva *Gaudeamus igitur* y los irresponsables tiempos de estudiante, quería decir que estaba pensando en Ushakov, aunque bien sabe Dios que solo había charlado un par de veces con él (sobre política u otras tonterías, no recuerdo qué). Sin embargo, era muy poco probable que fuera tan misterioso por teléfono. Me perdí en conjeturas, imaginándome bien a un agente comunista, bien a un excéntrico millonario en busca de un secretario.

El timbre. Nuevamente los niños se precipitaron hacia el vestíbulo. Dejé el libro y los seguí sin prisa. Con gran entusiasmo y destreza corrieron el pequeño cerrojo de acero, accionaron algún artilugio adicional y la puerta se abrió.

Un extraño recuerdo... Incluso ahora, ahora que tantas cosas han cambiado, se me cae el alma a los pies cuando libero ese extraño recuerdo, como a un peligroso criminal de su celda. Fue entonces cuando se derrumbó todo un muro de mi vida, sin ruido alguno, como en el cine mudo. Comprendí que algo catastrófico estaba a punto de ocurrir, pero indudablemente había una sonrisa en mi cara y, si no me equivoco, insinuante; y mi mano, extendida, condenada a encontrar un vacío y anticipándose a ese vacío, trató, sin embargo, de completar el gesto (asociado en mi mente con la resonancia de la frase «cortesía elemental»).

—Abajo esa mano —frieron las primeras palabras del invitado, mientras miraba la palma de la mano ofrecida, que ya se estaba hundiendo en el abismo.

No era extraño que no hubiese reconocido su voz hacía un momento. Lo que en el teléfono había sonado como una forzada cualidad que deformaba un timbre familiar era, en efecto, una rabia realmente excepcional, un sonido apagado que hasta entonces no había oído nunca en una voz humana. Aquella escena permanece en mi memoria como un *tableau vivant:* el vestíbulo radiantemente iluminado; yo, sin saber qué hacer con mi mano rechazada; un niño a la derecha y un niño a la izquierda, ambos mirando no al visitante sino a mí; y el propio visitante, con un impermeable color oliva de hombreras a la moda, la cara pálida como paralizada por el flash de un fotógrafo: ojos saltones, narices dilatadas, y un labio repleto de veneno bajo el negro triángulo equilátero de su acicalado bigote. Luego se inició un movimiento apenas perceptible: los labios sonaron al despegarse, y el grueso bastón negro que llevaba en la mano se agitó ligeramente; ya no pude apartar la mirada de aquel bastón.

—¿Qué es? —pregunté—. ¿Qué pasa? Tiene que haber algún malentendido... Sí, un malentendido.

Llegado a este punto encontré un lugar humillante, imposible, para mi mano todavía en el aire, todavía ansiosa: en un vago intento por conservar la dignidad, apoyé la mano en el hombro de uno de mis alumnos; el niño la miró con recelo.

—Mire, amigo mío —espetó el visitante—, apártese un poco. No les voy a hacer daño, no tiene por qué protegerles. Lo que necesito es un poco de espacio, porque voy a sacudirle el polvo.

—Esta no es su casa —dije—. No tiene ningún derecho a armar un escándalo. No comprendo qué quiere de mí...

Me pegó. Me dio un golpe tan sonoro y enérgico en pleno

hombro que me tambaleé hacia un lado, haciendo que la silla de mimbre se escapara de mi camino como si tuviera vida. Mostró los dientes y se dispuso a pegarme de nuevo. El golpe me dio en el brazo levantado. Entonces me batí en retirada y me refugié en el salón. Me siguió. Otro detalle curioso: yo estaba gritando a voz en cuello, dirigiéndome a él por su nombre y patronímico, preguntándole a gritos qué le había hecho. Cuando me alcanzó de nuevo, traté de protegerme con un cojín que había agarrado en la huida, pero me lo sacó de la mano de un golpe.

–Esto es una vergüenza –grité–. Estoy desarmado. He sido difamado. Me las pagará...

Me refugié detrás de la mesa y, como antes, todo se congeló por un momento en un cuadro vivo. Allí estaba, mostrando los dientes, el bastón en alto, y, detrás de él, uno a cada lado de la puerta, estaban los niños: tal vez mi recuerdo, llegado a este punto, se haya estilizado pero, si no me equivoco, realmente creo que uno de ellos permanecía apoyado en la pared con los brazos cruzados mientras el otro estaba sentado en el brazo de una silla, y ambos contemplaban imperturbables el castigo que me estaban administrando. De repente todo empezó a ponerse en movimiento, y los cuatro pasamos a la habitación siguiente; el nivel de su ataque descendió perversamente, mis manos formaron una abyecta hoja de parra y entonces, con un horrible golpe cegador, me atizó en la cara. Es curioso que yo mismo no hubiera podido nunca pegar a nadie, no importa la gravedad de la ofensa, y que ahora, bajo su pesado bastón, no solo fuera incapaz de responder al ataque (ya que no estaba versado en las artes viriles), sino que incluso en aquellos momentos de dolor y humillación no pudiera imaginarme alzando la mano contra un semejante, especialmente si ese semejante estaba enojado y era fuerte; ni siquiera traté de huir a mi habitación donde, en un cajón, había un revólver: adquirido, ay de mí, solamente para ahuyentar a los fantasmas.

La inmovilidad contemplativa de mis dos alumnos, las distintas posturas en que se congelaban como frescos en el extremo de una u otra habitación, la manera obsequiosa con que encendieron las luces en el momento en que yo retrocedía hacia el comedor oscuro: todo esto tiene que ser una ilusión de la percepción: impresiones inconexas a las que yo he impartido significación y permanencia y, si vamos a eso, exactamente tan arbitrarias como la rodilla levantada de un político inmovilizado por la cámara, no en el acto de bailar una jiga, sino simplemente en el de salvar un charco.

En realidad, por lo que parece, no presenciaron toda mi ejecución; en un momento determinado, temiendo por los muebles de sus padres, fieles a su deber, empezaron a telefonear a la policía (una tentativa que el hombre interrumpió con un rugido atronador), pero no sé dónde situar este momento, si al principio o en esa apoteosis de sufrimiento y horror cuando por fin caí sin fuerzas al suelo, exponiendo mi redondeada espalda a sus golpes, sin dejar de repetir con voz ronca:

–Basta, basta, tengo el corazón débil... Basta, tengo el corazón...

Mi corazón, permítaseme que lo diga entre paréntesis, siempre ha funcionado muy bien.

Un minuto más tarde todo había terminado. Encendió un cigarrillo, jadeando ruidosamente y agitando la caja de cerillas; se quedó sin hacer nada por algún tiempo, ponderando el asunto, y luego, tras decir algo sobre una «leccioncita», se ajustó el sombrero y salió apresuradamente. Me levanté al instante del suelo y me dirigí a mi habitación. Los niños corrieron detrás de mí. Uno de ellos trató de colarse. Lo arrojé fuera de un codazo, y sé que le dolió. Cerré la puerta, me enjuagué la cara, casi gritando a causa del contacto cáustico del agua, luego saqué la maleta de debajo de la cama y empecé a hacerla. Resultó difícil: me dolía la espalda y la mano izquierda no me funcionaba bien.

Cuando salí al vestíbulo con el abrigo puesto, cargando la pesada maleta, reaparecieron los niños. Ni siquiera los miré. Mientras bajaba la escalera, sentía que me observaban desde arriba, estirando el cuerpo por encima de la barandilla. A mitad del camino me crucé con la profesora de música; el martes era su día. Era una dócil muchacha rusa con gafas y patizamba. No la saludé, sino que desvié mi cara hinchada y, espoleado por el profundo silencio de su sorpresa, salí precipitadamente a la calle.

Antes de suicidarme quería escribir unas cuantas cartas tradicionales y, durante por lo menos cinco minutos, estar sentado a salvo. De modo que paré un taxi y fui a mi antigua dirección. Por suerte, mi habitación familiar estaba libre y la propietaria, una anciana diminuta, empezó a hacer la cama en seguida: un esfuerzo inútil. Esperé impaciente a que se fuera, pero estuvo afanándose largo rato, llenando el jarro, llenando la vasija, bajando la persiana, tirando bruscamente de un cordón o algo que estaba trabado, mientras miraba hacia arriba, con la negra boca abierta. Finalmente, tras emitir un maullido de despedida, se fue.

En el centro de la habitación había un hombrecillo miserable, tembloroso, vulgar, con un sombrero hongo, quien, por alguna razón, se frotaba las manos. Esto es lo que vislumbré de mí mismo en el espejo. Entonces abrí rápidamente la maleta y saqué papel de escribir y sobres, encontré en el bolsillo un triste cabo de lápiz y me senté a la mesa. Resultó, sin embargo, que no tenía a quién escribir. Conocía a poca gente y no quería a nadie. De modo que la idea de las cartas quedó desechada y lo demás quedó desechado también; había imaginado vagamente que tenía que ordenarlo todo, ponerme ropa limpia, y dejar todo mi dinero –veinte marcos– en un sobre con una nota diciendo quién debería recibirlo. Entonces me di cuenta de que no había decidido todo esto hoy sino hacía tiempo, en diversos momentos, cuando solía imaginar alegremente qué hacía la gente para pegarse un tiro. Como un inveterado habitante de la ciudad que recibe una invitación inesperada de un amigo del campo empieza por comprarse un termo y un par de botas resistentes, no porque realmente las pueda necesitar, sino inconscientemente como consecuencia de ciertas ideas previas, no probadas, sobre el campo, con sus largos paseos por bosques y montañas. Pero cuando llega

22

no hay bosques ni montañas, solo campos de labranza llanos, y nadie quiere caminar a grandes zancadas por la carretera en el calor. Entonces vi, como cuando se ve un verdadero campo de nabos en lugar de las cañadas y claros de una tarjeta postal, qué convencionales eran mis ideas previas sobre las tareas que preceden al suicidio; un hombre que ha optado por la autodestrucción está muy alejado de los negocios mundanos, y sentarse a escribir su testamento sería, en ese momento, un acto tan absurdo como darle cuerda al reloj ya que, junto con el hombre, todo el mundo queda destruido; la última carta se convierte inmediatamente en polvo y, con ella, todos los carteros; y se desvanecen como el humo los bienes legados a una progenie inexistente.

Una cosa que había sospechado desde hacía tiempo –el absurdo del mundo– se me hizo evidente. De pronto me sentí increíblemente libre, y la misma libertad era una indicación de ese absurdo. Tomé el billete de veinte marcos y lo rompí en pequeños pedazos. Me quité el reloj de pulsera y lo empecé a estrellar contra el suelo hasta que se paró. Se me ocurrió que en ese momento, si lo deseaba, podía salir corriendo a la calle y, con vulgares palabrotas de lujuria, abrazar a la mujer que eligiera; o pegar un tiro a la primera persona que encontrara, o romper un escaparate... Eso era prácticamente todo lo que se me ocurría: la imaginación de lo ilícito tiene un alcance limitado.

Cargué el revólver con cautela, torpemente, luego apagué la luz. La idea de la muerte, que en otro tiempo me había asustado tanto, era ahora una cosa íntima y simple. Tenía miedo, un miedo terrible del dolor espantoso que podría causarme la bala; pero, ¿tener miedo del negro sueño aterciopelado, de la oscuridad uniforme, mucho más aceptable y comprensible que el abigarrado insomnio de la vida? Absurdo: ¿cómo se podía tener miedo de *eso?* De pie en medio de la habitación oscura, me desabroché la camisa, incliné el torso hacia delante, busqué y localicé el corazón entre las costillas. Palpitaba como un animalillo al que se quiere llevar a un lugar seguro, un pajarito o un ratón a quien no se le puede explicar que no tiene por qué temer, que, por el contrario, estamos actuando por su propio bien. Pero estaba tan vivo, mi corazón; de algún modo me parecía que había algo de repugnante en apretar con fuerza el cañón contra la delgada piel bajo la que latía, resistente, un mundo portátil, de manera que aparté un poco el brazo doblado incómodamente, para que el acero no tocara mi pecho desnudo. Luego puse el cuerpo en tensión y disparé. Hubo una fuerte sacudida, y un delicioso sonido vibratorio resonó a mi espalda; nunca olvidaré aquella vibración. Fue sustituida inmediatamente por un gorgoteo de agua, un ronco ruido borboteante. Aspiré, ahogándome en la liquidez; todo dentro de mí y a mi alrededor estaba fluyendo y en movimiento. Me encontré arrodillado en el suelo; extendí la mano para afirmarme, pero se hundió en el suelo como en un agua sin fondo.

Algún tiempo después, si es que es posible hablar aquí de tiempo, quedó claro que el pensamiento humano mantiene su ímpetu después de la muerte. Me encontraba completamente enfajado: ¿era una mortaja?, ¿era simplemente la tensa oscuridad? Lo recordaba todo –mi nombre, la vida en la tierra– con perfecta claridad, y sentí un bienestar maravilloso en la idea de que ahora no había que preocuparse de nada. Con lógica maliciosa y despreocupada avancé de la sensación incomprensible de vendas apretadas a la idea de un hospital e, inmediatamente, obedeciendo a mi voluntad, se materializó a mi alrededor una espectral sala de hospital, y tenía vecinos, momias como yo, tres a cada lado. ¡Qué poderoso era el pensamiento humano, capaz de lanzarse como un rayo más allá de la muerte! Dios sabe por cuánto tiempo seguiría latiendo y creando imágenes después de que mi difunto cerebro hubiera dejado de servir para algo. El cráter familiar de un diente ahuecado seguía conmigo y, paradójicamente, esto me proporcionaba un alivio cómico. Sentía cierta curiosidad por saber cómo me habían enterrado, si había habido una misa de réquiem, y quién había asistido al funeral.

Con qué persistencia, sin embargo, y con qué minuciosidad –como si hubiera estado echando de menos su antigua actividad– mi pensamiento se ocupaba en inventar la apariencia de un hospital, y la apariencia de formas humanas vestidas de blanco moviéndose entre las camas, de una de las cuales provenía la apariencia de gemidos humanos. Yo me sometía afablemente a estas ilusiones, las estimulaba, las incitaba, hasta que conseguía crear una imagen completa, natural, el simple caso de una herida leve causada por una bala inexacta que pasó limpiamente por el *serratus;* en esto apareció un médico (a quien yo había creado), y se apresuró a confirmar mi despreocupada conjetura. Luego, mientras yo juraba, riendo, que había estado descargando torpemente el revólver, apareció también mi diminuta anciana, con un sombrero de paja negro adornado con cerezas. Se sentó junto a mi cama, me preguntó cómo me encontraba y, agitando maliciosamente el dedo, mencionó una vasija hecha pedazos por la bala... ¡oh, con cuánta astucia, con qué términos tan sencillos y corrientes explicaba mi pensamiento el zumbido y el gorgoteo que me habían acompañado a la inexistencia!

Supuse que el ímpetu póstumo de mi pensamiento se agotaría pronto, pero al parecer, mientras todavía estaba vivo, mi imaginación había sido tan fértil que todavía quedaba bastante de ella para rato: siguió desarrollando el tema de la recuperación y pronto consiguió que me dieran de alta. La restauración de una calle de Berlín parecía un gran éxito, y mientras me deslizaba por la acera, probando delicadamente mis pies todavía débiles, prácticamente incorpóreos, pensaba en cuestiones cotidianas: que tenía que reparar el reloj, y comprar cigarrillos; y que no tenía dinero. Al sorprenderme con estos pensamientos –no demasiado alarmantes, esa es la verdad– evoqué vivamente el billete de veinte marcos, de color carne con un sombreado castaño, que yo había hecho pedazos antes de mi suicidio, y mi sensación de libertad e impunidad en aquel momento. Ahora, sin embargo, mi acción adquiría cierto significado vengativo, y me alegraba haberme limitado a un capricho melancólico y no haber salido a la calle a hacer travesuras. Porque ahora sabía que después de la muerte el pensamiento humano, liberado del cuerpo, continúa moviéndose en una esfera donde todo está interconectado como antes y tiene un grado relativo de sentido, y que el tormento de un pecador en el otro mundo consiste precisamente en que su mente tenaz no puede encontrar sosiego hasta que no consigue desenmarañar las complejas consecuencias de sus imprudentes acciones terrestres.

Caminé por calles recordadas; todo se parecía muchísimo a la realidad, y, sin embargo, no había nada para probar que no estaba muerto y que la Passauer Strasse no era una quimera postexistente. Me veía desde fuera, pisando agua, como si dijéramos, y me sentía al mismo tiempo conmovido y asustado como un fantasma inexperto que observa la existencia de una persona de la que conoce, tanto como la figura de dicha persona, su revestimiento interno, la noche interna, la boca y el sabor-en-la-boca.

Mi flotante movimiento mecánico me llevó a la tienda de Weinstock. Inmediatamente aparecieron en el escaparate libros rusos impresos al instante para complacerme. Por una fracción de segundo algunos de los títulos parecieron todavía brumosos; fijé la mirada en ellos y la bruma se despejó. Cuando entré, la librería estaba vacía y en un rincón ardía una estufa de hierro forjado con la llama sombría de los infiernos medievales. De alguna parte detrás del mostrador oí la respiración sibilante de Weinstock:

–Ha caído por aquí –refunfuñó con voz forzada–, tiene que haber caído por aquí.

Luego se puso de pie, y en este momento sorprendí a mi imaginación (la cual, es cierto, estaba obligada a trabajar muy deprisa) en una inexactitud: Weinstock llevaba bigote, pero ahora no lo tenía. Mi fantasía no lo había terminado a tiempo y el pálido espacio donde debería haber estado el bigote no mostraba más que un punteado azulado.

–Tienes un aspecto horrible –dijo, a modo de saludo–. Lastimoso, muy lastimoso. ¿Qué te pasa? ¿Has estado enfermo?

Le contesté que, en efecto, había estado enfermo.

–Hay mucha gripe –dijo Weinstock–. Hace mucho que no te veo –prosiguió–. Dime, ¿encontraste trabajo?

Respondí que durante algún tiempo había trabajado como preceptor, pero que ahora había perdido ese empleo y que tenía unas ganas tremendas de fumar.

Entró un cliente y pidió un diccionario de ruso y español.

–Creo que tengo uno –dijo Weinstock, volviéndose hacia los estantes y pasando un dedo por el lomo de varios volúmenes pequeños y gruesos–. Ah, aquí hay uno de ruso y portugués: casi lo mismo.

–Me lo llevo –dijo el cliente, y se marchó con su inútil adquisición.

Mientras tanto, me llamó la atención un profundo suspiro, procedente del fondo de la tienda. Alguien, ocultado por los libros, pasó arrastrando los pies con un «och-och-och» ruso.

–¿Tienes un dependiente? –le pregunté a Weinstock.

–Voy a despedirlo pronto –contestó en voz baja–. Es un viejo completamente inútil. Necesito a alguien joven.

–¿Y qué tal le va a la Mano Negra, Vikentiy Lvovich?

–Si no fueras el escéptico rencoroso que eres –dijo Vikentiy Lvovich Weinstock con solemne desaprobación–, podría contarte muchas cosas interesantes.

Estaba algo ofendido, y esto era inoportuno: mi condición fantasmal, indigente e ingrávida, tenía que resolverse de una manera u otra, pero en lugar de eso mi fantasía estaba produciendo banalidades más bien insípidas.

–No, no, Vikentiy Lvovich, ¿por qué me llamas escéptico? Por el contrario, ¿no te acuerdas?, este asunto, hace tiempo, me costó su buen dinero.

En efecto, cuando conocí a Weinstock, descubrí inmediatamente en él un rasgo afín, una propensión a las ideas obsesivas. Estaba convencido de que ciertas personas a las que él se refería, con un laconismo misterioso, como «agentes», lo vigilaban constantemente. Hacía alusión a la existencia de una «lista negra» en la que, según cabía suponer, aparecía su nombre. Yo solía tomarle el pelo, pero por dentro temblaba. Un día, me pareció extraño tropezar de nuevo con un hombre en el que había reparado por casualidad aquella misma mañana en el tranvía, un desagradable tipo rubio de mirada furtiva: y, ahora, allí estaba él, de pie en la esquina de mi calle y fingiendo leer el periódico. A partir de aquel momento empecé a sentirme intranquilo. Podía reprenderme a mí mismo y ridiculizar mentalmente a Weinstock, pero no podía hacer nada con mi imaginación. Por la noche fantaseaba que alguien trepaba por la ventana. Finalmente me compré un revólver y me tranquilicé del todo. Era a este gasto (tanto más ridículo, ya que me habían revocado la licencia de armas de fuego) al que me refería.

–¿Para qué te va a servir un arma? –replicó–. Son astutos como el diablo. Solo hay una defensa posible contra ellos: inteligencia. Mi organización...

De pronto me lanzó una mirada recelosa, como si hubiese hablado demasiado. En este instante tomé una decisión y expliqué, tratando de mantener un aire burlón, que me encontraba en una situación singular: no me quedaba nadie a quien pedir prestado, y, sin embargo, tenía que seguir viviendo y fumando; y mientras decía todo esto, no dejaba de recordar a un desconocido de mucha labia, al que le faltaba un incisivo, que en una ocasión se presentó a la madre de mis alumnos y, exactamente en el mismo tono burlón, contó que tenía que ir a Wiesbaden esa noche y que le faltaban exactamente noventa *pfennigs*.

–Bueno –dijo ella con calma–, puede usted guardarse su historia de Wiesbaden, pero quizás le dé veinte *pfennigs*. Más no puedo, puramente por una cuestión de principios.

Sin embargo, ahora, mientras me permitía esta yuxtaposición, no me sentía nada humillado. Desde el disparo –aquel disparo que, a mi juicio, había sido mortal– me había observado a mí mismo no tanto con simpatía como con curiosidad, y mi doloroso pasado –anterior al disparo– ahora me era ajeno. Esta conversación con Weinstock resultó ser el principio de una nueva vida para mí. Con respecto a mí mismo, ahora era un observador. Mi creencia en la naturaleza fantasmagórica de mi existencia me daba el derecho a ciertas diversiones.

Es tonto buscar una ley básica; todavía más tonto encontrarla. Un hombrecillo mezquino decide que todo el curso de la humanidad puede explicarse en términos de los signos del zodíaco, que giran insidiosamente, o como una lucha entre una barriga vacía y otra llena; contrata a un filisteo puntilloso para que actúe como secretario de Clío, e inicia un comercio al por mayor de épocas y masas; y, entonces, ay del *individuum* particular, con sus dos pobres ues, que grita desesperadamente en medio de la densa vegetación de causas económicas. Por suerte tales leyes no existen: un dolor de muelas puede costar una batalla, una llovizna cancelar una insurrección. Todo es fluido, todo depende del azar, y fueron en vano todos los esfuerzos de aquel burgués avinagrado con pantalones victorianos a cuadros, autor de *Das Kapital,* fruto del insomnio y de la jaqueca. Hay un placer estimulante en mirar hacia el pasado y preguntarse: ¿Qué hubiera ocurrido si...? y sustituir un acontecimiento fortuito por otro, observando cómo de un momento gris, estéril, mediocre de nuestras vidas surge un acontecimiento maravilloso y halagüeño que en realidad no había logrado florecer. Algo misterioso, esta estructura ramificada de la vida: en cada instante pasado percibimos una bifurcación, un «así» y un «de otro modo», con innumerables zigzags deslumbrantes que se bifurcan contra el fondo oscuro del pasado.

Todas estas consideraciones simples sobre la naturaleza vacilante de la vida se me ocurren cuando pienso en la facilidad con que podría no haber alquilado nunca una habitación en la casa del número 5 de Peacock Street, o no haber conocido a Vanya y a su hermana, o a Roman Bogdanovich, o a muchas otras personas con las que me encontré de repente, que empezaron a vivir al mismo tiempo, tan inesperada e insólitamente, a mi alrededor. Y, por otra parte, si después de mi salida espectral del hospital me hubiese instalado en una casa distinta, tal vez una felicidad inimaginable se hubiera convertido en mi interlocutor familiar... quién sabe... quién sabe...

Arriba, en el último piso, vivía una familia rusa. La conocí a través de Weinstock, de quien obtenían libros: otra estratagema fascinante por parte de la fantasía que gobierna la vida. Antes de realmente conocernos, solíamos encontramos en la escalera y nos cruzábamos miradas un tanto cautelosas, como suelen hacerlo los rusos en el extranjero. Reparé en Vanya inmediatamente e inmediatamente me dio un brinco el corazón; como cuando, en un sueño, entramos en una habitación a prueba de sueños y encontramos allí dentro, a disposición de nuestro sueño, a nuestra presa acorralada por el sueño. Tenía una hermana casada, Evgenia, una mujer joven con una preciosa cara cuadrada que hacía pensar en un bulldog bonachón y bastante hermoso. También estaba el corpulento marido de Evgenia. En una ocasión, en el vestíbulo de la planta baja, le sostuve la puerta y su mal pronunciado «gracias» en alemán *(danke)* rimaba exactamente con el locativo de la palabra rusa por «banco»: donde, por cierto, trabajaba.

Con ellos vivía Marianna Nikolaevna, una parienta, y por las noches tenían invitados, casi siempre los mismos. Evgenia estaba considerada como la señora de la casa. Tenía un agradable sentido del humor; era ella quien había apodado «Vanya» a su hermana cuando esta había pedido que la llamaran «Mona Vanna» (por la heroína de alguna obra de teatro), pues encontraba que el sonido de su verdadero nombre –Varvara– de algún modo hacía pensar en corpulencia y viruela. Tardé un poco en acostumbrarme a este diminutivo del masculino «Ivan»; pero paulatinamente adquirió para mí el matiz exacto que Vanya asociaba con los lánguidos nombres femeninos.

Las dos hermanas se parecían; la franca pesadez de bulldog de las facciones de la mayor era apenas perceptible en Vanya, pero de una manera distinta que prestaba significación y originalidad a la belleza de su rostro. Los ojos de las hermanas también eran parecidos: de un pardo negruzco, ligeramente asimétricos y un poquitín sesgados, con graciosos plieguecillos en los párpados oscuros. Los ojos de Vanya eran más opacos en el iris que los de Evgenia y, a diferencia de los de su hermana, eran algo miopes, como si su belleza los hiciera poco indicados para el uso cotidiano. Ambas muchachas eran morenas y se peinaban de la misma forma: una raya en medio y un moño grande y tirante a la altura de la nuca. Pero el cabello de la mayor no se afirmaba con la misma maravillosa suavidad y carecía de ese brillo cotizado. Quiero quitarme de encima a Evgenia, desembarazarme completamente de ella, para acabar así con la necesidad de comparar a las dos hermanas, y al mismo tiempo sé que, si no fuera por el parecido, el encanto de Vanya no sería tan completo. Solo sus manos no eran elegantes: la palma pálida contrastaba demasiado con el dorso, que era muy rosado y de grandes nudillos, y había siempre manchitas blancas en las uñas redondas.

¿Cuánta más concentración se necesita, cuánta mayor intensidad ha de alcanzar nuestra mirada para que el cerebro pueda esclavizar la imagen visual de una persona? Allí están sentadas en el sofá; Evgenia lleva un vestido de terciopelo negro, y grandes cuentas adornan su blanco cuello; Vanya va vestida de carmesí, con pequeñas perlas en lugar de cuentas; sus ojos se entornan bajo las gruesas cejas negras; un toque de polvos no ha ocultado la ligera erupción sobre el ancho entrecejo. Las hermanas llevan idénticos zapatos nuevos y continuamente miran de reojo los pies de la otra: sin duda el mismo tipo de zapato no resulta tan bonito en el propio pie como en el de la otra. Marianna, una doctora rubia de voz autoritaria, les habla a Smurov y a Roman Bogdanovich sobre los horrores de la reciente guerra civil en Rusia. Khrushchov, el marido de Evgenia, un caballero jovial con una gruesa nariz –que manipula continuamente, tirando de ella o agarrándose una aleta y tratando de retorcerla–, está de pie en la puerta que da a la otra habitación, hablando con Mukhin, un joven con quevedos. Están el uno frente al otro en el marco de la puerta, como dos atlantes.

Mukhin y el majestuoso Roman Bogdanovich conocen a la familia desde hace tiempo, mientras que Smurov es relativamente un recién llegado, si bien apenas lo parece. Nadie podría percibir en él la timidez que hace que una persona se destaque tanto entre personas que se conocen bien y están ligadas por los ecos arraigados de bromas familiares y por un residuo alusivo de nombres de personas que para ellos están llenos de un significado especial, lo cual hace que el recién llegado se sienta como si el relato de la revista que ha empezado a leer en realidad hubiese empezado hacía mucho tiempo, en inasequibles números atrasados; y mientras escucha la conversación general, llena de referencias a incidentes desconocidos para él, el forastero guarda silencio y dirige la mirada al que está hablando y cuanto más rápidos son los intercambios, más móviles se vuelven sus ojos; pero pronto el mundo invisible que vive en las palabras de la gente que le rodea empieza a agobiarlo y se pregunta si no han tramado deliberadamente una conversación en la que él no entra. En el caso de Smurov, sin embargo, si bien de vez en cuando se sentía excluido, desde luego no lo mostraba. Debo decir que en aquellas primeras veladas me produjo una impresión más bien favorable. No era muy alto, pero sí bien proporcionado y apuesto. El sencillo traje negro y la negra corbata de lazo parecían insinuar, de forma reservada, un luto secreto. Su rostro, pálido y delgado, era juvenil, pero el observador perspicaz podía distinguir en él las huellas del dolor y de la experiencia. Sus modales eran excelentes. Una sonrisa tranquila, un tanto melancólica, permanecía en sus labios. Hablaba poco, pero todo lo que decía era inteligente u oportuno, y sus bromas, poco frecuentes, aunque demasiado sutiles para provocar carcajadas, parecían abrir una puerta oculta en la conversación, dejando entrar una inesperada frescura. Todo hacía pensar que a Vanya no podía dejar de gustarle inmediatamente a causa de esa noble y enigmática modestia, esa palidez de la frente y la delgadez de la mano... Ciertas cosas –por ejemplo la palabra *blagodarstvuyte* («gracias»), pronunciada sin la habitual tendencia a comerse las letras, por completo, conservando así su aroma de consonantes– tenían forzosamente que revelar al observador perspicaz que Smurov pertenecía a la mejor sociedad de San Petersburgo.

Marianna se detuvo por un instante en su relato de los horrores de la guerra; finalmente se había dado cuenta de que Roman Bogdanovich, un hombre solemne con barba, quería decir unas palabras, que retenía en la boca como un gran caramelo. Sin embargo, no tuvo suerte, porque Smurov fue más rápido.

–Cuando oigo hablar de «los horrores de la guerra» –dijo Smurov, citando incorrectamente con una sonrisa un famoso poema–, no lo siento «ni por el amigo, ni por la madre del amigo», sino por aquellos que nunca han estado en la guerra. Es difícil expresar en palabras el placer musical que produce el zumbido de las balas... O cuando vuelas a galope tendido para atacar...

–La guerra es siempre algo horrible –interrumpió bruscamente Marianna–. Probablemente me han educado de una forma distinta de la suya. Un ser humano que quita la vida a otro es siempre un asesino, tanto si es un verdugo como un oficial de caballería.

–Personalmente... –empezó Smurov, pero ella volvió a interrumpirle:

—El heroísmo militar es un vestigio del pasado. En mi ejercicio de la medicina he tenido muchas oportunidades de ver a personas que han sido mutiladas o que han visto sus vidas destruidas por la guerra. Hoy día la humanidad aspira a nuevos ideales. Nada hay más degradante que servir de carne de cañón. Tal vez una educación distinta...

—Personalmente... —dijo Smurov.

—Una educación distinta —prosiguió ella rápidamente— en lo que se refiere a ideas de humanitarismo e intereses de cultura general me hace mirar con ojos distintos de los suyos. Nunca he disparado furiosamente contra la gente ni he atravesado a nadie con una bayoneta. Puede estar usted completamente seguro de que encontrará más héroes entre mis colegas médicos que en el campo de batalla...

—Personalmente, yo... —dijo Smurov.

—Basta ya —dijo Marianna—. Me doy cuenta de que no vamos a convencernos el uno al otro. La discusión se ha terminado.

Siguió un breve silencio. Smurov permaneció tranquilamente sentado, removiendo el té. Sí, tiene que ser un antiguo oficial, un temerario a quien le gustaba jugar con la muerte y solo por modestia no dice nada sobre sus aventuras.

—Lo que quería decir es esto —tronó Roman Bogdanovich—: Usted, Marianna Nikolaevna, ha mencionado Constantinopla. Tenía allí un amigo íntimo entre el grupo de emigrados, un tal Kashmarin, con el que más tarde me peleé, un tipo sumamente bruto y de genio vivo, aunque se calmaba rápidamente y a su manera era amable. Por cierto, una vez le dio una paliza a un francés por celos que casi lo mata. Pues bien, me contó la siguiente anécdota. Da una idea de las costumbres turcas. Imaginen...

—¿Le dio una paliza? —interrumpió Smurov con una sonrisa—. Oh, muy bien. Eso es lo que me gusta...

—Casi lo mata —repitió Roman Bogdanovich, y emprendió su narración.

Smurov asentía con la cabeza mientras escuchaba. Evidentemente era una persona que, tras su modestia y discreción, ocultaba un espíritu apasionado. Sin duda era capaz de despedazar a un tipo en un momento de ira y, en un momento de pasión, de llevar bajo su capa en una noche ventosa a una muchacha asustada y perfumada hasta una barca que espera con los escálamos enfundados, bajo una rodaja de luna de melón, como hacía alguien en la anécdota de Roman Bogdanovich. Si Vanya era una conocedora de caracteres, tenía que haber advertido esto.

—Lo he escrito todo detalladamente en mi diario —concluyó complacido Roman Bogdanovich, y tomó un sorbo de té.

Mukhin y Khrushchov volvieron a congelarse junto a sus respectivas jambas; Vanya y Evgenia se alisaron sus vestidos en dirección a las rodillas con un gesto idéntico; Marianna, sin ningún motivo aparente, clavó la mirada en Smurov, que estaba sentado con el perfil hacia ella y, fiel a la fórmula de tics varoniles, tensaba los músculos de la mandíbula bajo su poco amistosa mirada. Él me gustaba. Sí, decididamente; y sentí que con cuanta más intensidad lo miraba Marianna, la culta doctora, más clara y armoniosa resultaba la imagen de un joven temerario con nervios de acero, pálido por las noches de insomnio pasadas en los barrancos de la estepa y en las estaciones de ferrocarril destrozadas por los proyectiles. Todo parecía ir bien.

Vikentiy Lvovich Weinstock, para quien Smurov trabajaba como dependiente (reemplazaba al inútil anciano), sabía menos de él que nadie. Había en la personalidad de Weinstock una atractiva veta de temeridad. Este es probablemente el motivo por el que empleó a alguien que no conocía bien. Sus sospechas exigían un alimento regular. Del mismo modo que hay personas normales y perfectamente decentes que inesperadamente resulta que tienen una pasión por coleccionar libélulas o grabados, Weinstock, nieto de un comerciante de chatarra e hijo de un anticuario, el ceremonioso, equilibrado Weinstock, que se había dedicado toda su vida al negocio de los libros, había construido para sí mismo un pequeño mundo separado. Allí, en la penumbra, tenían lugar misteriosos acontecimientos.

La India le despertaba un respeto mítico: era una de esas personas que, a la mención de Bombay, inevitablemente no imaginan a un funcionario británico enrojecido por el calor, sino a un faquir. Creía en los duendes y en las brujas, en los números mágicos y en el diablo, en el mal de ojo, en el poder secreto de los símbolos y los signos, y en los ídolos de bronce con el vientre desnudo. Por las noches, colocaba las manos, como un pianista petrificado, en una ligera mesita de tres patas. Esta empezaba a crujir suavemente, emitiendo chirridos como un grillo y, cobrando fuerzas, se levantaba por un lado y luego, torpe pero con energía, golpeaba una pata contra el suelo. Weinstock recitaba el alfabeto. La mesita lo seguía atentamente y golpeaba al son de las letras adecuadas. Llegaban mensajes de César, Mahoma, Pushkin, y de un primo muerto de Weinstock. A veces la mesa se portaba mal: se levantaba y permanecía suspendida en el aire, o bien atacaba a Weinstock y le daba topetadas en el estómago. Weinstock apaciguaba afablemente al espíritu, como un domador que juega con una bestia retozona; retrocedía hasta el otro extremo de la habitación, todo el tiempo con la punta de los dedos en la mesa que caminaba como un pato detrás de él. Para sus conversaciones con los muertos empleaba también una especie de platillo marcado y un artilugio extraño con un lápiz que salía por debajo. Las conversaciones eran registradas en una libreta especial. Un diálogo podía ser como sigue:

WEINSTOCK: –¿Ha encontrado el reposo?
LENIN: –Esto no es Baden-Baden
WEINSTOCK: –¿Desea hablarme de la vida de ultratumba?
LENIN (tras una pausa): –Prefiero no hacerlo.
WEINSTOCK: –¿Por qué?

LENIN: –Tengo que esperar a que haya una reunión plenaria.

Se habían acumulado muchas de esas libretas y Weinstock solía decir que un día publicaría las conversaciones más importantes. Un fantasma muy divertido era un tal Abum, de origen desconocido, tonto y de mal gusto, que hacía de intermediario concertando entrevistas entre Weinstock y varias celebridades muertas. Trataba a Weinstock con vulgar familiaridad.

> WEINSTOCK: –¿Quién sois, oh espíritu?
> RESPUESTA: –Ivan Sergeyevich.
> WEINSTOCK: –¿Cuál Ivan Sergeyevich?
> RESPUESTA: –Turgeniev.
> WEINSTOCK: –¿Sigues creando obras maestras?
> RESPUESTA: –Idiota.
> WEINSTOCK: –¿Por qué me insultas?
> RESPUESTA (sacudimiento de mesa): –¡Te he engañado! Soy Abum.

A veces, cuando Abum empezaba con sus payasadas, resultaba imposible desembarazarse de él durante toda la sesión de espiritismo. «Es malo como un mono», se quejaba Weinstock.

La compañera de Weinstock en estos juegos era una pequeña dama de cara sonrosada, cabello pelirrojo y manitas regordetas, que olía a goma de eucalipto y siempre estaba resfriada. Más tarde me enteré de que habían tenido una aventura amorosa durante largo tiempo, pero Weinstock, que en algunos aspectos era particularmente franco, jamás permitió que esto se le escapara. Se dirigían el uno al otro por sus nombres y patronímicos y se comportaban como si fuesen simplemente buenos amigos. Ella solía entrar de paso a la tienda y, mientras se calentaba junto a la estufa, leía una revista teosófica publicada en Riga. Alentaba a Weinstock en sus experimentos con el más allá y solía contar cómo periódicamente los muebles de su habitación empezaban a animarse, cómo una baraja volaba de un sitio a otro o se esparcía por el suelo y cómo en cierta ocasión la lámpara de cabecera brincó de la mesa y empezó a imitar a un perro que tira impaciente de su correa; finalmente saltó el enchufe, se oyó el ruido de alguien escapándose precipitadamente en la oscuridad y más tarde encontraron la lámpara en el vestíbulo, justo junto a la puerta de entrada. Weinstock solía decir que, por desgracia, no se le había concedido un «poder» real, que tenía los nervios tan flojos como tirantes viejos, mientras que los nervios de un médium eran prácticamente como las cuerdas de un arpa. Sin embargo, no creía en la materialización y era solo como una curiosidad por lo que conservaba una foto, que le había dado un espiritista, en la que aparecía una mujer pálida y gordinflona, con los ojos cerrados, que vomitaba una masa fluida, como una nube.

Era aficionada a Edgar Poe y a Barbey d'Aurevilly, a las aventuras, los desenmascaramientos, los sueños proféticos y las sociedades secretas. La presencia de logias masónicas, clubs de suicidas, misas negras y especialmente agentes soviéticos enviados de «aquel lugar» (y qué elocuente y pavorosa era la entonación de ese «aquel lugar») para vigilar a algún infeliz emigrado, transformaban el Berlín de Weinstock en una ciudad de maravillas en medio de la cual se sentía perfectamente a sus anchas. Insinuaba que era miembro de una gran organización, supuestamente dedicada a desenmarañar y a rasgar los delicados hilos tejidos por cierta araña escarlata, que Weinstcok había hecho reproducir en una sortija de sello espantosamente llamativa que daba un no sé qué de exótico a su mano peluda.

—Están en todas partes –decía con calmada insinuación–. En todas partes. Si voy a una fiesta donde hay cinco, diez, tal vez veinte personas, entre ellas, puedes estar seguro, sí, sí, completamente seguro de que por lo menos hay un espía. Estoy hablando, pon por caso, con Ivan Ivanovich y, ¿quién puede jurar que se puede confiar en Ivan Ivanovich? O, pon por caso, tengo en mi despacho un hombre que trabaja para mí –cualquier tipo de despacho, no necesariamente esta librería (quiero evitar todo personalismo, ya me comprendes)–, y bien, ¿cómo puedo saber que no es un espía? Están en todas partes, repito, en todas partes... Voy a una fiesta, todos los invitados se conocen, y, sin embargo, no hay ninguna garantía de que este mismo modesto y educado Ivan Ivanovich no sea realmente... –Y Weinstock asintió significativamente.

Pronto empecé a sospechar que Weinstock, aunque con mucha cautela, estaba aludiendo a una persona concreta. En términos generales, cualquiera que charlara con él se iba con la impresión de que el blanco de Weinstock era bien el interlocutor de Weinstock, bien un amigo común. Lo más extraordinario de todo es que una vez –y Weinstock recordaba esta ocasión con orgullo– su instinto no lo había defraudado: una persona a la que conocía bastante bien, un tipo simpático, tranquilo, «honrado como Dios» (expresión de Weinstock), resultó ser en realidad un venenoso soplón soviético. Tengo la impresión de que sentiría menos dejar que se le escapara un espía que perder la oportunidad de insinuar al espía que él, Weinstock, lo había descubierto.

Aun cuando Smurov exhalase cierto aire de misterio, aun cuando su pasado pareciese más bien vago, ¿era posible que...? Lo veo, por ejemplo, detrás del mostrador con su pulcro traje negro, el pelo estirado, con su cara pálida y de rasgos definidos. Cuando entra un cliente, apoya cuidadosamente el cigarrillo sin acabar en el borde del cenicero y, frotándose las delgadas manos, presta cuidadosa atención a lo que necesita el comprador. A veces –sobre todo si se trata de una dama– sonríe ligeramente para expresar ya sea su condescendencia hacia los libros en general, o tal vez burlas a sí mismo en su papel de simple vendedor, y da valiosos consejos: este vale la pena leerlo, mientras que este es un poco pesado; aquí la eterna lucha de los sexos está descrita de forma muy entretenida y esta novela no es profunda pero sí muy chispeante, muy embriagadora, ya me entiende, como champán. Y la dama que ha comprado el libro, la dama con los labios pintados y con un abrigo de pieles negro, se lleva una imagen fascinante: aquellas manos delicadas que recogen los libros con cierta torpeza, aquella voz apagada, aquel esbozo de sonrisa, aquellos modales admirables. Sin embargo, en casa de los Khrushchov, Smurov empezaba ya a causar en alguien una impresión algo distinta.

La vida de esta familia en el número 5 de Peacock Street era excepcionalmente feliz. El padre de Evgenia y Vanya, que pasaba gran parte del año en Londres, les mandaba cheques generosos y, además, Khrushchov ganaba mucho dinero. Sin embargo, lo importante no era esto: incluso si no hubieran tenido un céntimo, nada hubiera cambiado. Las hermanas habrían estado envueltas en la misma brisa de felicidad, procedente de una dirección desconocida pero que podía sentir incluso el más melancólico y más insensible de los visitantes. Era como si hubiesen emprendido un alegre viaje: este piso alto parecía deslizarse como una aeronave. No se podía localizar exactamente el origen de aquella felicidad. Yo miraba a Vanya y empezaba a pensar que había descubierto el origen... Su felicidad no hablaba. A veces, de pronto hacía una pregunta breve y, una vez recibida la respuesta, inmediatamente callaba de nuevo, mirándoles fijamente con sus ojos asombrados, hermosos y miopes.

–¿Dónde están sus padres? –preguntó una vez a Smurov.

–En el cementerio de una iglesia muy lejana –contestó, y por alguna razón hizo una ligera reverencia.

Evgenia, que estaba jugando con una pelota de ping-pong en una mano, dijo que ella podía acordarse de su madre y Vanya no. Aquella noche no había nadie, excepto Smurov y el inevitable Mukhin: Marianna había ido a un concierto, Khrushchov estaba trabajando en su habitación y Roman Bogdanovich se había quedado en casa, como hacía todos los viernes, para escribir su diario. El tranquilo y remilgado Mukhin guardaba silencio, ajustándose de vez en cuando las pinzas de sus quevedos sin aros sobre la delgada nariz. Iba muy bien vestido y fumaba cigarrillos ingleses auténticos.

Smurov, aprovechándose de su silencio, de pronto se volvió más locuaz que en ocasiones anteriores. Dirigiéndose principalmente a Vanya, empezó a contar cómo había escapado a la muerte.

–Ocurrió en Yalta –dijo Smurov–, cuando las tropas de los rusos blancos ya se habían retirado. Me había negado a ser evacuado con los otros, ya que me proponía organizar una unidad de partisanos y seguir combatiendo a los rojos. Al principio nos ocultamos en las colinas. Fui herido durante un tiroteo. La bala me atravesó el cuerpo, rozando casi el pulmón izquierdo. Cuando recuperé el conocimiento, estaba tendido boca arriba y las estrellas se balanceaban sobre mi cabeza. ¿Qué podía hacer? Me estaba desangrando, solo en la garganta de una montaña. Decidí tratar de llegar a Yalta: muy arriesgado, pero no se me ocurría otra manera. Exigía esfuerzos increíbles. Viajé toda la noche, casi todo el tiempo a gatas. Por fin, al amanecer, llegué a Yalta. Las calles estaban todavía profundamente dormidas. Solo llegaba, procedente de la estación de ferrocarril, el ruido de disparos. Sin duda, estaban ejecutando a alguien allí.

»Tenía un buen amigo, un dentista. Fui a su casa y di palmadas bajo su ventana. Se asomó, me reconoció y me hizo pasar inmediatamente. Estuve escondido en su casa hasta que se me curó la herida. Tenía una hija joven que me cuidó con ternura, pero esa es otra historia. Evidentemente mi presencia exponía a mis salvadores a terribles peligros, de modo que me impacientaba por partir. Pero, ¿adónde ir? Reflexioné y decidí ir al norte, donde se rumoreaba que la guerra civil había estallado de nuevo. Así que una noche me despedí de mi bondadoso amigo con un abrazo, me dio algún dinero que, si Dios quiere, le devolveré algún día, y heme aquí caminando de nuevo por las calles familiares de Yalta. Llevaba barba y gafas, y una vieja chaqueta de campaña. Me dirigí directamente a la estación.

Un soldado del Ejército Rojo estaba en la entrada de la plataforma controlando los documentos. Yo tenía un pasaporte con el nombre de Sokolov, médico militar. El guardia rojo le echó un vistazo, me devolvió los documentos, y todo hubiese salido a pedir de boca de no haber sido por un estúpido momento de mala suerte. De pronto oí la voz de una mujer que decía, con absoluta calma: "Es un ruso blanco, lo conozco bien." Conservé la presencia de ánimo e hice ademán de cruzar hacia el andén, sin mirar a mi alrededor. Pero apenas había avanzado tres pasos cuando una voz, esta vez de hombre, gritó: "¡Alto!" Me detuve. Dos soldados y una mujer desaliñada con un gorro militar de piel me rodearon. "Sí, es él –dijo la mujer–. Deténganlo." Reconocí en esta comunista a una criada que había trabajado antiguamente para unos amigos míos. La gente solía decir en broma que sentía debilidad por mí, pero su obesidad y sus labios carnosos me parecieron siempre sumamente repulsivos. Aparecieron tres soldados más y una especie de comisario con indumentaria semimilitar. "Vamos, camine", dijo. Me encogí de hombros y observé imperturbable que había habido un error. "Esto lo veremos luego", dijo el comisario.

»Creí que me llevaban para interrogarme. Pero pronto me di cuenta de que las cosas eran algo peor. Cuando llegamos al depósito de mercancías, un poco más allá de la estación, me ordenaron que me desnudara y que me pusiera contra la pared. Metí la mano en la chaqueta de campaña, haciendo como que la desabrochaba y, un instante después, había matado a dos soldados con mi Browning y huía para salvar el pellejo. Los demás, naturalmente, abrieron fuego contra mí. Una bala me arrancó la gorra. Me dirigí corriendo al otro lado del depósito, salté por una cerca, disparé contra un hombre que me atacó con una pala, subí corriendo a la vía, me precipité al otro lado de los rieles, delante de un tren que se acercaba y, mientras la larga procesión de vagones me separaba de mis perseguidores, conseguí escaparme.»

Smurov siguió contando cómo, al amparo de la noche, caminó

hasta el mar, durmió en el puerto entre algunos barriles y sacos, se apropió de una lata de galletas y un barrilete de vino de Crimea y, al amanecer, en la bruma matutina, partió solo en una barca de pesca, para ser rescatado por una balandra griega tras cinco días de navegación solitaria. Hablaba con voz tranquila, despreocupada, incluso algo monótona, como si estuviera charlando de cosas triviales. Evgenia chasqueaba comprensiva la lengua; Mukhin escuchaba atento y sagaz, carraspeando suavemente de vez en cuando, como si no pudiera evitar sentirse profundamente conmovido por el relato, y sintió respeto e incluso envidia –una envidia buena, saludable– hacia un hombre que había mirado a la muerte cara a cara con audacia y franqueza. En cuanto a Vanya... No, ya no cabía ninguna duda, después de esto tenía que enamorarse de Smurov. De qué modo tan encantador sus pestañas puntuaban las palabras de él, qué delicioso era el pestañeo de puntos finales cuando Smurov acabó su relato, qué mirada lanzó a su hermana – un destello húmedo de soslayo– probablemente para asegurarse de que la otra no había advertido su excitación.

Silencio. Mukhin abrió su pitillera de bronce de cañón. Evgenia recordó con aspavientos que era hora de llamar a su marido para el té. En el umbral se volvió y dijo algo inaudible sobre un pastel. Vanya se levantó de un salto del sofá y salió corriendo también. Mukhin recogió su pañuelo del suelo y lo puso cuidadosamente sobre la mesa.

–¿Puedo fumar uno de los suyos? –preguntó Smurov.

–Naturalmente –dijo Mukhin.

–Oh, pero solo le queda uno –dijo Smurov.

–Adelante, cójalo –dijo Mukhin–. Tengo más en el abrigo.

–Los cigarrillos ingleses siempre huelen a ciruelas confitadas – dijo Smurov.

–O a melaza –dijo Mukhin–. Por desgracia –añadió con el mismo tono de voz–, Yalta no tiene ferrocarril.

Fue inesperado y terrible. La maravillosa burbuja de jabón,

azulada, irisada, con el reflejo curvo de la ventana en su lado brillante, crece, se dilata, y de pronto ya no está allí, y todo lo que queda es un papirotazo de humedad cosquilleante que le golpea a uno en la cara.

–Antes de la revolución –dijo Mukhin, rompiendo el intolerable silencio–, creo que había un proyecto para unir Yalta y Simferopol por ferrocarril. Conozco bien Yalta, he estado allí muchas veces. Dígame, ¿por qué se inventó toda esa historia disparatada?

Oh, desde luego Smurov podía haber salvado la situación, podía haberse escabullido ingeniosamente con otra astuta invención o bien, como último recurso, haber apuntalado con una broma amistosa lo que se estaba desmoronando con tal repugnante velocidad. Smurov no solo perdió la serenidad, sino que hizo lo peor que se podía hacer. En un susurro dijo con voz ronca:

–Por favor, le ruego que esto quede entre nosotros dos.

Evidentemente Mukhin estaba avergonzado por el pobre, fantástico tipo. Se ajustó los quevedos y empezó a decir algo, pero se calló bruscamente, porque en aquel momento volvían las hermanas. Durante el té, Smurov hizo un esfuerzo angustioso por parecer alegre. Pero su traje negro estaba raído y manchado, su corbata de poca calidad, generalmente anudada de modo que ocultase el sitio desgastado, esta noche exhibía aquel lamentable desgarrón, y un grano brillaba desagradablemente en la barbilla a través de los restos de talco de color malva. De modo que todo se reduce a eso... ¿De modo que, después de todo, es cierto que no hay ningún enigma en Smurov, que no es más que un vulgar charlatán, ahora desenmascarado? De modo que todo se reduce a eso...

No, el enigma continuó. Una noche, en otra casa, la imagen de Smurov reveló un nuevo y extraordinario aspecto, que previamente apenas si había sido perceptible. La habitación estaba silenciosa y oscura. En un rincón había una lamparita protegida con un periódico, y esto hacía que la vulgar hoja de papel impreso adquiriese una maravillosa belleza translúcida. Y, en esta penumbra, de pronto la conversación se centró en Smurov.

Empezó con frivolidades. Al principio declaraciones vagas, fragmentarias; luego, persistentes alusiones a asesinatos políticos en el pasado; luego, el terrible nombre del famoso espía doble de la antigua Rusia y palabras sueltas como «sangre... muchas molestias... suficiente...» Poco a poco esta introducción autobiográfica empezó a resultar coherente y, tras una breve relación de una muerte tranquila después de una enfermedad perfectamente respetable, una extraña conclusión de una vida singularmente infame, lo que quedó es lo siguiente:

«Esto es una advertencia. Cuidado con cierto hombre. Me sigue los pasos. Espía, seduce, traiciona. Ya ha sido responsable de la muerte de muchos. Un joven grupo de emigrados está a punto de cruzar la frontera para organizar una actividad clandestina en Rusia. Pero se tenderán las redes, el grupo perecerá. Espía, seduce, traiciona. Estad alertas. Cuidado con un hombrecillo vestido de negro. No se dejen engañar por su aspecto modesto. Estoy diciendo la verdad...»

—¿Y quién es este hombre? —preguntó Weinstock.

La respuesta tardó en llegar.

—Por favor, Azef, díganos quién es este hombre.

Bajo los dedos fláccidos de Weinstock, el platillo invertido volvió a moverse por toda la hoja con el alfabeto, precipitándose de un lado a otro mientras orientaba la señal de su borde hacia una u otra letra. Hizo seis de estas pausas antes de quedarse inmóvil como una tortuga asustada. Weinstock escribió y leyó en voz alta un nombre familiar.

—¿Has oído? —dijo, dirigiéndose a alguien en el rincón más oscuro de la habitación—. ¡Bonito asunto! Naturalmente, no necesito decirte que no creo en esto ni por un momento. Espero que no te hayas ofendido. ¿Y por qué deberías ofenderte? Ocurre con mucha frecuencia en las sesiones de espiritismo que los espíritus suelten tonterías. —Y Weinstock fingió que se lo tomaba a risa.

La situación se estaba volviendo curiosa. Yo podía contar ya tres versiones de Smurov, mientras que la original permanecía desconocida. Esto ocurre en las clasificaciones científicas. Hace tiempo, Linneo describió una especie común de mariposa, añadiendo la lacónica nota «*in pratis Westmanniae*». El tiempo pasa, y, en la loable búsqueda de precisión, nuevos investigadores ponen nombre a las diversas razas meridionales y alpinas de esta especie común, de modo que pronto no queda un lugar en Europa donde uno encuentre la raza nominal y no una subespecie local. ¿Dónde está el tipo, el modelo, el original? Entonces, por fin, un solemne entomólogo discute en un detallado artículo toda la complejidad de razas con nombre y acepta como representativa de la típica el descolorido ejemplar escandinavo de casi doscientos años coleccionado por Linneo; y esta identificación lo resuelve todo.

Del mismo modo, decidí desenterrar al verdadero Smurov, pues ya era consciente de que su imagen estaba influida por las condiciones climáticas imperantes en varias almas: de que en un alma fría adoptaba un aspecto mientras que en otra, incandescente, tenía un colorido diferente. Empezaba a gustarme este juego. Personalmente, veía a Smurov sin emoción. Cierta predisposición a su favor que había existido al principio había cedido paso a la simple curiosidad. Y, sin embargo, experimenté una excitación nueva para mí. Del mismo modo que al científico no le interesa si el color de un ala es bonito o no, o si sus marcas son delicadas o llamativas (sino que está interesado solamente en los caracteres taxonómicos), yo consideraba a Smurov sin ningún estremecimiento estético; por el contrario, encontraba una intensa emoción en la clasificación de las máscaras smurovianas que había emprendido tan a la ligera.

La tarea distaba mucho de ser sencilla. Por ejemplo, sabía perfectamente bien que la insípida Marianna veía a Smurov como a un brutal y brillante oficial del Ejército Blanco, «uno de esos que iba ahorcando a la gente a diestro y siniestro», como me informó Evgenia en el mayor secreto durante una charla confidencial. Sin embargo, para definir esta imagen correctamente tendría que haber estado familiarizado con toda la vida de Marianna, con todas las asociaciones secundarias que se despertaban en su interior cuando miraba a Smurov: otras reminiscencias, otras impresiones fortuitas y todos esos efectos iluminadores que varían de un alma a otra. Mi conversación con Evgenia ocurrió poco después de la partida de Marianna Nikolaevna; se dijo que iba a Varsovia, pero había oscuras implicaciones de un viaje todavía más hacia el este: tal vez la vuelta al redil; así que Marianna se llevó consigo y, a menos que alguien la rectifique, la conservará hasta el fin de sus días, una idea muy especial de Smurov.

—Y usted –le pregunté a Evgenia–, ¿qué idea se ha formado *usted?*

—Oh, eso es difícil decirlo, así de repente –contestó, con una sonrisa que realzaba al mismo tiempo su parecido con un lindo bulldog y la sombra aterciopelada de sus ojos.

—Hable –insistí.

—En primer lugar está su timidez –dijo rápidamente–. Sí, sí, mucha timidez. Yo tenía un primo, un joven muy amable y agradable, pero que siempre que debía enfrentarse con una multitud de desconocidos en un salón elegante, entraba silbando para darse un aire independiente: a la vez despreocupado y duro.

—¿Sí? Continúe.

—A ver, qué más hay allí... Sensibilidad, diría yo, una gran sensibilidad y, naturalmente, juventud; y falta de experiencia con la gente...

No podía sonsacársele nada más, y el espectro resultante era bastante pálido y no muy atractivo. La versión de Smurov que dio Vanya fue, sin embargo, la que más me interesó. Pensé en esto constantemente. Recuerdo cómo, una noche, el azar pareció favorecerme con una respuesta. Yo había subido desde mi lóbrega habitación hasta el sexto piso solo para encontrar a las dos hermanas a punto de salir para el teatro con Khrushchov y Mukhin. Como no tenía otra cosa que hacer, salí para acompañarlos a la parada de taxis. De pronto me di cuenta de que había olvidado la llave de abajo.

—Oh, no se preocupe, tenemos dos juegos —dijo Evgenia—, tiene suerte de que vivamos en la misma casa. Tenga, me las puede devolver mañana. Buenas noches.

Me dirigí a casa y en el camino se me ocurrió una maravillosa idea. Imaginé a un acicalado malo de película leyendo un documento que ha encontrado en el escritorio de otra persona. Es verdad que mi plan era muy incompleto. Una vez Smurov le había llevado a Vanya una orquídea amarilla salpicada de puntos oscuros que tenía cierto parecido con una rana; ahora yo podría averiguar si Vanya había conservado tal vez los restos queridos de la flor en algún cajón secreto. Una vez él le llevó un pequeño volumen de Gumilyov, el poeta de la entereza; tal vez valía la pena comprobar si las páginas habían sido cortadas y si el libro estaba quizás en la mesita de noche. Había también una fotografía, sacada con un flash de magnesio, en la que Smurov había salido magnífico —de medio perfil, muy pálido, con una ceja arqueada— y de pie junto a él estaba Vanya, mientras que Mukhin aparecía detrás con expresión malhumorada. Y, en términos generales, había muchas cosas que descubrir. Una vez decidido que si me tropezaba con la criada (una chica muy guapa, por cierto) le explicaría que había ido a devolver las llaves, abrí cautelosamente la puerta del piso de los Khrushchov y me dirigí de puntillas al salón.

Es divertido coger por sorpresa la habitación de otra persona. Los muebles se quedaron helados de asombro cuando encendí la luz. Alguien había dejado una carta en la mesa; el sobre vacío estaba allí como una vieja madre inútil y la pequeña hoja de papel de carta parecía estar sentada como un crío robusto. Pero el ansia, la palpitante emoción, el movimiento precipitado de mi mano, todo resultó innecesario. La carta iba dirigida a una persona desconocida para mí, un tal tío Pasha. ¡No contenía ni una sola referencia a Smurov! Y si estaba en clave, yo no la conocía. Me deslicé al comedor. Pasas y nueces en un cuenco y al lado, abierta y boca abajo, una novela francesa: las aventuras de *Ariane, Jeune Fille Russe*. En el dormitorio de Vanya, adonde me dirigí luego, hacía frío a causa de la ventana abierta. Me resultó tan extraño mirar la colcha de encaje y el tocador en forma de altar, donde el vidrio tallado brillaba místicamente. La orquídea no se veía por ningún lado, pero como recompensa estaba la foto apoyada contra la lámpara de la mesita de noche. La había sacado Roman Bogdanovich. Se veía a Vanya sentada con las luminosas piernas cruzadas, detrás de ella estaba la cara delgada de Mukhin, y a la izquierda de Vanya podía adivinarse un codo negro: todo lo que quedaba del cercenado Smurov. ¡Prueba demoledora! En la almohada de Vanya, cubierta de encaje, apareció de pronto un hueco en forma de estrella: la violenta huella de mi puño, e inmediatamente después ya estaba en el comedor, devorando las pasas y todavía temblando. Entonces recordé el escritorio del salón y me precipité silenciosamente hacia allí. Pero en ese momento se oyó, procedente de la puerta principal, el hurgamiento metálico de una llave. Empecé a retroceder precipitadamente, apagando las luces, hasta que me encontré en un pequeño tocador con paredes de raso, junto al comedor. Caminé a tientas en la oscuridad, tropecé con un sofá y me tendí en él como si hubiera entrado a dormir la siesta.

Entretanto se oían voces en el vestíbulo: las de las dos hermanas y la de Khrushchov. Se estaban despidiendo de Mukhin. ¿Por qué no entraba un momento? No, era tarde, no podía. ¿Tarde? ¿Mi desencarnado recorrido de habitación en habitación había durado realmente tres horas? En algún lado, en un teatro, alguien había tenido tiempo de representar una obra tonta que yo había visto muchas veces, mientras aquí un hombre solo había recorrido tres habitaciones. Tres habitaciones: tres actos. ¿Había estado reflexionando realmente sobre una carta en el salón una hora entera, y una hora entera sobre un libro en el comedor, y otra hora sobre una foto en la extraña calma del dormitorio?... Mi tiempo y el de ellos no tenían nada en común.

Probablemente Khrushchov se fue directamente a la cama; las hermanas entraron solas en el comedor. La puerta de mi oscuro cubil adamascado no estaba bien cerrada. Creí que ahora podría averiguar todo lo que quería sobre Smurov.

–Pero más bien agotador –dijo Vanya, y emitió un suave sonido exclamativo que interpreté como un bostezo–. Dame un poco de limonada, no quiero té. –Se oyó el ligero roce de una silla al ser acercada hacia la mesa.

Un largo silencio. Luego la voz de Evgenia: tan próxima que eché una mirada de alarma al resquicio de luz.

–...Lo principal es dejarle que él les ponga sus condiciones. Esto es lo principal. Al fin y al cabo él habla inglés y esos alemanes no. Me parece que no me gusta esta pasta de frutas.

Silencio de nuevo.

–Está bien, le aconsejaré que haga esto –dijo Vanya.

Algo tintineó y cayó –una cuchara, tal vez– y luego hubo otra larga pausa.

–Mira esto –dijo Vanya, riendo.

–¿De qué es, de madera? –preguntó su hermana.

–No lo sé –dijo Vanya, y volvió a reír.

Al cabo de un rato, Evgenia bostezó, todavía más a gusto que Vanya.

–...Se ha parado el reloj –dijo.

Y eso fue todo. Siguieron sentadas un buen rato; hacían ruidos tintineantes con diversos objetos; el cascanueces crujía y regresaba al mantel con un ruido sordo; pero no hubo más conversación. Luego las sillas volvieron a moverse.

–Oh, podemos dejarlo aquí –dijo lánguidamente Evgenia, y el mágico resquicio del que yo tanto había esperado se extinguió bruscamente. En algún lugar se oyó un portazo, la voz lejana de Vanya dijo algo, ahora ya ininteligible, y luego siguieron el silencio y la oscuridad. Me quedé tumbado en el sofá un rato más y de pronto me di cuenta de que ya estaba amaneciendo. Con lo cual me dirigí cautelosamente hacia la escalera y regresé a mi habitación.

Imaginaba muy vivamente a Vanya sacando la punta de la lengua por la comisura de la boca y recortando con sus tijeritas al indeseado Smurov. Pero tal vez no era así en absoluto: a veces se recorta algo para enmarcarlo por separado. Y, para confirmar esta última conjetura, unos días más tarde el tío Pasha llegó inesperadamente de Múnich. Iba a Londres para visitar a su hermano y solamente se quedaría en Berlín un par de días. El viejo chivo hacía tiempo que no veía a sus sobrinas y tenía tendencia a recordar cómo solía poner sobre su rodilla a la sollozante Vanya para azotarla. A primera vista el tío Pasha parecía tener solamente tres veces la edad de ella, pero bastaba con mirarlo un poco más de cerca y se deterioraba delante de los propios ojos. En realidad no tenía cincuenta años sino ochenta, y no era posible imaginar nada más horrible que esta mezcla de juventud y decrepitud. Un alegre cadáver en un traje azul, con caspa en los hombros, lampiño, de cejas espesas y prodigiosos mechones en las ventanas de la nariz, el tío Pasha era móvil, ruidoso e inquisitivo. Cuando apareció por primera vez, inquirió a Evgenia con un rociador susurro por cada invitado, señalando abiertamente ora a esta persona, ora a aquella, con un índice que acababa en una uña amarilla monstruosamente larga. Al día siguiente se produjo una de esas coincidencias que implican nuevas llegadas, que por algún motivo son tan frecuentes, como si existiera algún Sino travieso y de mal gusto parecido al Abum de Weinstock, el cual, el mismo día en que uno vuelve a casa de un viaje, te presenta al hombre que casualmente había estado sentado frente a ti en el vagón del tren. Hacía ya varios días que sentía una

51

extraña molestia en mi pecho perforado por una bala, una sensación parecida a una corriente de aire en una habitación oscura. Fui a ver a un médico ruso y allí, sentado en la sala de espera, estaba naturalmente el tío Pasha. Mientras deliberaba si dirigirme o no a él (suponiendo que desde la noche anterior había tenido tiempo de olvidar tanto mi cara como mi nombre), este decrépito charlatán, poco dispuesto a mantener oculto ni tan solo un grano de los silos de su experiencia, inició una conversación con una dama de edad que no lo conocía, pero evidentemente amiga de los desconocidos de espíritu abierto. Al principio no seguí su conversación, pero de pronto el nombre de Smurov me hizo sobresaltar. Lo que supe por las palabras pomposas y vulgares del tío Pasha era tan importante que, cuando finalmente desapareció detrás de la puerta del médico, salí de inmediato sin esperar mi turno; y lo hice automáticamente, como si hubiese ido al consultorio del médico solo para escuchar al tío Pasha: ahora la función había terminado y yo podía irme.

—Imagínese —había dicho el tío Pasha—, la nena convertida en una auténtica rosa. Soy un experto en rosas y deduje que en la escena tenía que haber un joven. Y entonces la hermana me dice: «Es un gran secreto, tío, no se lo digas a nadie, pero ha estado enamorada de ese Smurov durante mucho tiempo.» Bueno, desde luego eso no es asunto mío. Un Smurov no es peor que otro. Pero realmente me hace gracia pensar que hubo una época en que solía dar un buen azote en las nalguitas desnudas de esa muchacha, y ahora ahí la tenéis, una novia. Simplemente lo adora. Bueno, así son las cosas, mi querida señora, nosotros hemos echado nuestra canita al aire, dejemos ahora que otros echen la suya...

Así que... ha ocurrido. Smurov es amado. Evidentemente, Vanya, la miope pero sensible Vanya, había percibido algo fuera de lo común en Smurov, había comprendido algo acerca de él, y su calma no la había defraudado. Esa misma noche, en casa de los

Khrushchov estuvo especialmente calmoso y humilde. Ahora, sin embargo, cuando uno sabía qué felicidad le había golpeado –sí, golpeado (porque hay una felicidad tan intensa que, con su sacudida, con su aullido huracanado, se asemeja a un cataclismo)–, ahora podía percibirse cierta palpitación en su calma, y el clavel de la alegría se revelaba a través de su enigmática palidez. ¡Y, Dios mío, cómo contemplaba a Vanya! Ella bajaba las pestañas, le temblaban las ventanas de la nariz, incluso se mordía un poco los labios, ocultando a todos sus exquisitos sentimientos. Esa noche parecía que algo tenía que resolverse.

El pobre Mukhin no estaba allí: se había ido por unos días a Londres. Khrushchov se había ausentado también. Sin embargo, en compensación, Roman Bogdanovich (que estaba reuniendo material para el diario que mandaba todas las semanas con precisión de solterona a un amigo de Tallin) era el mismo tipo sonoro y pesado de siempre. Las hermanas estaban sentadas en el sofá como de costumbre. Smurov, de pie con un codo apoyado en el piano, contemplando apasionadamente la suave raya del cabello de Vanya, sus mejillas encendidas... Evgenia se levantó de un salto varias veces y asomó la cabeza por la ventana: el tío Pasha iba a venir a despedirse y quería estar disponible para abrirle el ascensor.

–Lo adoro –dijo, riendo . Es un personaje. Estoy segura de que no nos dejará que lo acompañemos a la estación.

–¿Toca usted? –Roman Bogdanovich preguntó cortésmente a Smurov, con una mirada significativa al piano.

–Solía tocar –contestó con calma Smurov. Levantó la tapa, miró distraídamente los dientes desnudos del teclado y la volvió a bajar.

–Me encanta la música –observó confidencialmente Roman Bogdanovich–. Recuerdo, en mi época de estudiante...

–La música –dijo Smurov en un tono de voz más alto–, por lo menos la buena música, expresa lo que es inexpresable con palabras. En esto consiste el significado y el misterio de la música.

–Allí está –gritó Evgenia, y salió de la habitación.

—¿Y usted, Varvara? —preguntó Roman Bogdanovich con su voz áspera y apagada—. Usted... «con dedos más ligeros que un sueño»... ¿eh? Vamos, cualquier cosa... Un pequeño *ritornello*.

Vanya agitó la cabeza y pareció que iba a fruncir el ceño, pero en cambio soltó una risilla y bajó la mirada. Sin duda, lo que provocaba su regocijo era este estúpido que la invitaba a sentarse al piano cuando su alma estaba resonando y fluyendo con su propia melodía. En este momento se podría haber advertido en la cara de Smurov un violentísimo deseo de que el ascensor en el que estaban Evgenia y el tío Pasha se estropeara para siempre, que Roman Bogdanovich cayera directamente en las fauces del león persa azul de la alfombra y, lo más importante, que yo —el ojo frío, insistente, infatigable— desapareciera.

Mientras tanto, el tío Pasha se estaba sonando ya la nariz y riendo entre dientes en el vestíbulo; entró y se detuvo en el umbral, sonriendo tontamente y frotándose las manos.

—Evgenia —dijo—, me temo que no conozco a nadie aquí. Ven, preséntanos.

—¡Oh, Dios mío! —dijo Evgenia—. ¡Es tu propia sobrina!

—Es verdad, es verdad —dijo el tío Pasha, y añadió algo ofensivo sobre mejillas y melocotones.

—Probablemente tampoco reconocerá a los demás —suspiró Evgenia, y empezó a presentarnos en voz alta.

—¡Smurov! —exclamó el tío Pasha, y se le erizaron las cejas—. Oh, Smurov y yo somos viejos amigos. Un hombre afortunado, afortunado —prosiguió maliciosamente, palpando los brazos y los hombros de Smurov—. ¿Y crees que no sabemos...? Lo sabemos todo... Voy a decirte una cosa: ¡cuídala bien! Es un regalo del cielo. Que seáis felices, hijos míos...

Se volvió hacia Vanya pero ella, apretando un pañuelo arrugado contra la boca, salió corriendo de la habitación. Evgenia, emitiendo un extraño sonido, la siguió precipitadamente. Sin embargo, el tío Pasha no se dio cuenta de que su irreflexivo parloteo, intolerable para un ser sensible, había hecho llorar a Vanya. Con ojos redondos, Roman Bogdanovich escrutaba con gran curiosidad a Smurov, quien –fueran cuales fuesen sus sentimientos– mantenía una serenidad impecable.

–El amor es una gran cosa –dijo el tío Pasha, y Smurov sonrió cortésmente–. Esta muchacha es una joya. Y tú, tú eres un joven ingeniero, ¿no es cierto? ¿Qué tal va tu trabajo?

Sin entrar en detalles, Smurov dijo que le iba muy bien. De pronto Roman Bogdanovich se golpeó la rodilla y se le subió la sangre al rostro.

–Hablaré de ti en Londres –dijo el tío Pasha–. Tengo muy buenas relaciones. Sí, me voy, me voy. Ahora mismo, en efecto.

Y el asombroso viejo miró su reloj y nos ofreció ambas manos. Smurov, vencido por el éxtasis del amor, lo abrazó inesperadamente.

–¿Qué les parece eso?... ¡Ese sí que es un tipo curioso! –dijo Roman Bogdanovich cuando se cerró la puerta detrás del tío Pasha.

Evgenia volvió al salón.

–¿Dónde está? –preguntó sorprendida: había algo mágico en su desaparición.

Corrió hacia Smurov.

–Por favor, disculpe a mi tío –empezó–. Fui lo bastante tonta como para hablarle de Vanya y Mukhin. Debe haber confundido los nombres. Al principio no me di cuenta de lo chocho que estaba...

–Y yo escuchaba y creía que iba a volverme loco –dijo Roman Bogdanovich, extendiendo las manos.

–Oh, vamos, vamos, Smurov –prosiguió Evgenia–. ¿Qué le pasa? No debe tomárselo tan a pecho. Al fin y al cabo, no es ningún insulto.

–No me pasa nada, simplemente no lo sabía –dijo con voz ronca Smurov.

–¿Qué quiere decir que no lo sabía? Todo el mundo lo sabe... Hace mucho tiempo que dura. Sí, naturalmente, se adoran. Hace casi dos años. Escuche, le voy a contar algo divertido del tío Pasha:

una vez, cuando era todavía relativamente joven, no, no se vaya, es una historia muy interesante, un día, cuando era relativamente joven, paseaba por la avenida Nevski...

Sigue un breve período en el que dejé de mirar a Smurov: me volví pesado, me rendí de nuevo a la roedura de la gravedad, me puse otra vez mi antigua carne, como si en efecto toda esta vida a mi alrededor no fuese producto de mi imaginación sino real, y yo formara parte de ella, en cuerpo y alma. Si no eres amado pero no sabes con seguridad si un rival potencial es amado o no, y, si hay varios, no sabes cuál de ellos es más afortunado que tú; si te sustentas con esta esperanzada ignorancia que te ayuda a resolver en conjeturas una agitación de otro modo intolerable; entonces todo está bien, puedes vivir. ¡Pero ay, cuando finalmente se anuncia el nombre, y este nombre no es el tuyo! Porque ella era tan encantadora, incluso hacía asomar las lágrimas a los ojos y, apenas pensaba en ella, brotaba en mi interior una noche de gemidos, horrible y salobre. Su cara vellosa, sus ojos miopes y sus tiernos labios sin pintar, agrietados y algo hinchados por el frío, y cuyo color parecía correrse en los bordes, disolviéndose en un rosa febril que parecía necesitar urgentemente el bálsamo de un beso de mariposa; sus vestidos cortos y de colores fuertes, las rodillas grandes, que ella juntaba con fuerza, insoportablemente apretadas, cuando jugaba a la baraja con nosotros, inclinando la sedosa cabeza negra sobre sus cartas; y las manos adolescentemente húmedas y frías y un poco ásperas, que uno deseaba especialmente tocar y besar: sí, todo en ella era angustioso y de algún modo irremediable, y solo en mis sueños, anegado en lágrimas, finalmente la abrazaba y sentía bajo mis labios su cuello y el hueco junto a la clavícula. Pero ella se desprendía siempre, y yo me despertaba, todavía palpitante. ¿Qué me importaba a mí si era estúpida o inteligente, o cómo había sido su infancia, o qué libros leía, o qué pensaba del universo? Realmente no sabía nada de ella, cegado como estaba por ese encanto ardiente que reemplaza a todo lo demás y que lo justifica todo, y que, a diferencia del alma humana (a menudo accesible y poseíble), no se puede apropiar de ningún modo, de la misma manera que no es posible incluir entre nuestras pertenencias los colores de las desiguales nubes del ocaso sobre las casas negras, o el olor de una flor que aspiramos interminablemente, con las ventanas de la nariz tensas, hasta la intoxicación, pero sin poder extraerlo completamente de la corola.

Una vez, en Navidad, antes de un baile al que iban todos sin mí, vislumbré, en una franja de espejo a través de una puerta entreabierta, a su hermana empolvando los omóplatos desnudos de Vanya; en otra ocasión reparé en un sostén diáfano en el cuarto de baño. Para mí, estos eran acontecimientos agotadores, que tenían sobre mis sueños un efecto delicioso pero terriblemente consumidor, si bien ni siquiera una vez fui en ellos más allá de un beso sin esperanza (ni yo mismo sé por qué lloraba tanto cuando nos encontrábamos en mis sueños). De todos modos, lo que necesitaba de Vanya nunca podría haberlo tomado para mi uso y posesión perpetuos, de la misma manera que no es posible poseer el color de la nube o el perfume de la flor. Solo cuando por fin me di cuenta de que mi deseo iba forzosamente a permanecer insaciable y de que Vanya era por completo una creación mía, me tranquilicé y empecé a acostumbrarme a mi propia emoción, de la que había obtenido toda la dulzura que es posible para un hombre extraer del amor.

Mi atención regresó paulatinamente a Smurov. Por cierto, resultó que, a pesar de su interés por Vanya, Smurov había puesto los ojos, a hurtadillas, en la criada de los Khrushchov, una muchacha de dieciocho años, cuyo especial atractivo era la soñolienta forma de sus ojos. Ella misma no era sino soñolienta. Resulta divertido pensar qué depravadas estratagemas de juegos amorosos estaba imaginando esta muchacha de aspecto modesto –llamada Gretchen o Hilda, no recuerdo cuál de los dos nombres– cuando la puerta estaba cerrada y la bombilla prácticamente desnuda, suspendida de un largo cordón, iluminaba la fotografía de su novio (un tipo robusto con sombrero tirolés) y una manzana de la mesa de los señores. Smurov contaba estos hechos con todo detalle, y no sin cierto orgullo, a Weinstock, quien detestaba las historias indecentes y emitía un vigoroso y elocuente «¡puf!» cuando oía algo salaz. Y es por eso por lo que la gente ansiaba especialmente contarle este tipo de cosas.

Smurov llegaba a su habitación por la escalera de servicio y se quedaba mucho tiempo con ella. Al parecer, Evgenia una vez notó algo –una retirada precipitada al final del pasillo, o risas apagadas detrás de la puerta– porque mencionó con irritación que Hilda (o Gretchen) estaba liada con algún bombero. Durante este arranque, Smurov carraspeó complacido unas cuantas veces. La criada, bajando sus encantadores ojos apagados, atravesaba el comedor; lenta y cuidadosamente colocaba un frutero y sus pechos en el aparador; se detenía soñolienta para apartar un apagado rizo rubio de la sien, y luego regresaba sonámbula a la cocina; y Smurov se frotaba las manos como si fuera a pronunciar un discurso, o sonreía en el momento inoportuno durante la conversación general. Weinstock gesticulaba y escupía asqueado cuando Smurov se explayaba en el placer de contemplar a la remilgada criada trabajando cuando, muy poco antes, pisando suavemente con los pies descalzos en el suelo sin alfombra, había estado bailando el fox con la moza de cremosas ancas en su angosto cuartillo, al lejano son de un gramófono que llegaba de las dependencias de los señores: Mister Mukhin había traído de Londres algunos discos realmente encantadores con los dulces gemidos de la música de baile hawaiana.

–Es usted un aventurero –decía Weinstock–, un Don Juan, un Casanova.

Sin embargo, para sus adentros, sin duda consideraba a Smurov un espía doble o triple, y esperaba que la mesita dentro de la cual se agitaba nervioso el fantasma de Azef ofreciera nuevas e importantes revelaciones. Esta imagen de Smurov, no obstante, ahora me interesaba muy poco: estaba condenada a desvanecerse gradualmente debido a la falta de pruebas confirmatorias. Naturalmente, el misterio de la personalidad de Smurov permanecía, y era posible imaginar a Weinstock, varios años más tarde y en otra ciudad, mencionando, de pasada, a un hombre extraño que una vez había trabajado para él como vendedor, y que ahora estaba Dios sabe dónde. «Sí, un tipo muy raro», diría pensativamente Weinstock. «Un hombre hecho de un tejido de indicaciones incompletas, un hombre con un secreto oculto. Podía echar a perder a una muchacha... Es difícil decir quién le había enviado y a quién vigilaba. Sin embargo, supe de fuente fidedigna... Pero no quiero decir nada.»

Mucho más divertido era el concepto que Gretchen (o Hilda) tenía de Smurov. Un día de enero desapareció del ropero de Vanya un par de medias de seda nuevas, con lo que todo el mundo recordó una multitud de otras pequeñas pérdidas: setenta *pfennigs* de cambio dejados sobre la mesa y soplados como una ficha de damas; una polvera de cristal que «había escapado del neceсér ruso», como dijo Khrushchov; un pañuelo de seda, por alguna razón muy apreciado («¿Dónde diablos puedo haberlo puesto?»). Luego, un día, Smurov llegó con una corbata azul, tornasolada como un pavo real, y Khrushchov parpadeó y dijo que él había tenido una corbata exactamente igual que aquella; Smurov se sintió absurdamente violento y nunca volvió a ponerse aquella corbata. Pero, desde luego, a nadie se le pasó por la cabeza que la muy boba había robado la corbata (a propósito: ella solía decir que «la corbata es el mejor adorno del hombre») y se la había dado, por pura costumbre maquinal, a su novio del momento, como Smurov informó amargamente a Weinstock. Su perdición llegó cuando Evgenia entró por casualidad en su habitación una vez que ella no estaba, y encontró en la cómoda una colección de artículos familiares regresados de la muerte. De modo que Gretchen (o Hilda) partió con destino desconocido; Smurov trató de localizarla, pero pronto se dio por vencido y le confesó a Weinstock que ya estaba harto. Esa noche Evgenia dijo que se había enterado de algunas cosas extraordinarias por la mujer del portero.

—No era bombero, no era bombero en absoluto —dijo Evgenia, riendo—, sino un poeta extranjero, ¿no es delicioso?... Este poeta extranjero había tenido una trágica aventura amorosa y una finca familiar del tamaño de Alemania, pero le habían prohibido volver a casa, realmente delicioso, ¿no es cierto? Es una lástima que la mujer del portero no preguntase cómo se llamaba: estoy segura de que era ruso, y no me sorprendería que fuese alguien que viene a vernos... Por ejemplo, ese tipo del año pasado, ya saben a quién me refiero... el chico moreno con aquel encanto fatal, ¿cómo se llamaba?

—Ya sé a quién te refieres —dijo Vanya—. Ese barón de lo que sea.

—O tal vez era otra persona —prosiguió Evgenia—. ¡Oh, es *tan* delicioso! Un caballero que era todo alma, un «caballero espiritual», dice la mujer del portero. Podría morirme de risa...

—No dejaré de tomar nota de todo eso —dijo Roman Bogdanovich con voz almibarada—. Mi amigo de Tallin recibirá una carta muy interesante.

—¿No se aburre nunca? —preguntó Vanya—. Empecé varias veces a escribir un diario, pero siempre lo dejaba. Y cuando lo volvía a leer me avergonzaba siempre de lo que había escrito.

—Oh, no —dijo Roman Bogdanovich—. Si se hace concienzudamente y con regularidad se tiene una sensación agradable, una sensación de autoconservación, por así decirlo: conservas toda tu vida y, años más tarde, releyéndolo, puedes encontrar que no carece de fascinación. Por ejemplo, he hecho una descripción de usted que sería la envidia de cualquier escritor profesional. Una pincelada aquí, una pincelada allá, y ya está: un retrato completo...

—¡Oh, por favor, enséñemelo! –dijo Vanya.

—No puedo –contestó Roman Bogdanovich con una sonrisa.

—Entonces enséñeselo a Evgenia –dijo Vanya.

—No puedo. Me gustaría, pero no puedo. Mi amigo de Tallin archiva mis colaboraciones semanales a medida que llegan, y yo, deliberadamente, no conservo copias para no caer en la tentación de hacer cambios *ex post facto:* tachar cosas, etc. Y un día, cuando Roman Bogdanovich sea muy viejo, Roman Bogdanovich se sentará a su escritorio y empezará a releer su vida. Es para él para quien estoy escribiendo: para el futuro anciano con la barba de Santa Claus. Y si encuentro que mi vida ha sido rica y útil, entonces dejaré estas memorias como una lección para la posteridad.

—¿Y si todo es una tontería? –preguntó Vanya.

—Lo que es tontería para uno puede tener sentido para otro –contestó Roman Bogdanovich en tono más bien agrio.

La idea de este diario epistolar me había interesado hacía mucho tiempo y me tenía algo preocupado. El deseo de leer por lo menos un extracto se fue convirtiendo en un violento tormento, en una preocupación constante. No tenía la menor duda de que esos apuntes contenían una descripción de Smurov. Sabía que muy a menudo un relato trivial de conversaciones y paseos por el campo, y los tulipanes o los loros del vecino, y lo que uno comió aquel día encapotado en que, por ejemplo, el rey fue decapitado: sabía que esas notas triviales a menudo viven centenares de años y que uno las lee por placer, por el sabor de antigüedad, por el nombre de un plato, por el aspecto de festiva espaciosidad allí donde ahora se apiñan altos edificios. Y, además, ocurre a menudo que el diarista, que durante su vida ha pasado desapercibido o había sido ridiculizado por nulidades olvidadas, surge doscientos años más tarde como un escritor de primera clase que supo cómo inmortalizar, con un trazo de su anticuada pluma, un paisaje ventoso, el olor de una diligencia o las rarezas de un conocido. Ante la sola idea de que la imagen de Smurov pudiese conservarse tan segura, tan perdurable, sentía un escalofrío sagrado, enloquecía de deseo y sentía que tenía que interponerme espectralmente a toda costa entre Roman Bogdanovich y su amigo de Tallin. Naturalmente, la experiencia me advertía que la imagen concreta de Smurov, destinada tal vez a vivir para siempre (para deleite de los eruditos), podría producirme una conmoción; pero el deseo apremiante de adquirir este secreto, de ver a Smurov a través de los ojos de los siglos venideros, era tan deslumbrante que ninguna idea de decepción podía asustarme. Solo una cosa temía: un largo y meticuloso recorrido, pues resultaba difícil imaginar que, ya en la primera carta que interceptara, Roman Bogdanovich iba a empezar directamente (como la voz que de pronto estalla en los oídos cuando encendemos la radio por un momento) con un elocuente informe sobre Smurov.

Recuerdo una calle oscura en una borrascosa noche de marzo. Las nubes se deslizaban por el cielo, adoptando diversas actitudes grotescas como asombrosos y aerostáticos bufones en un horrible carnaval, mientras yo, encorvado en el viento, sujetando el sombrero hongo que me parecía que iba a explotar como una bomba si soltaba el ala, estaba frente a la casa donde vivía Roman Bogdanovich. Los únicos testigos de mi vigilia eran un farol que parecía parpadear a causa del viento y una hoja de papel de envolver que ora iba corriendo por la acera, ora trataba de enrollarse en mis piernas retozando odiosamente, por mucho que tratara de apartarla a puntapiés. Jamás había conocido un viento como aquel, ni había visto un cielo tan ebrio y desaliñado. Y esto me molestaba. Yo había venido a espiar un ritual –Roman Bogdanovich, a medianoche entre el viernes y el sábado, depositando una carta en el buzón– y era indispensable que lo viese con mis propios ojos antes de que empezara a desarrollar el vago plan que había ideado. Esperaba que, apenas viera a Roman Bogdanovich luchando contra el viento para apoderarse del buzón, mi plan incorpóreo cobraría vida y nitidez (había pensado improvisar un saco abierto que de algún modo introduciría en el buzón, colocándolo de forma que una carta, al echarla por la ranura, cayera en mi red). Pero este viento –que ahora zumbaba bajo la bóveda de mi sombrero, inflaba mis pantalones o se adhería a mis piernas hasta que parecían esqueléticas– me estorbaba, impidiéndome concentrarme en el asunto. La medianoche pronto cerraría por completo el ángulo agudo de las horas; sabía que Roman Bogdanovich era puntual. Miré la casa y traté de adivinar detrás de cuál de las tres o cuatro ventanas iluminadas estaba sentado en este preciso instante un hombre, inclinado sobre una hoja de papel, creando una imagen, tal vez inmortal, de Smurov. Luego dirigí la mirada al oscuro cubo fijado a la verja de hierro forjado, a aquel oscuro buzón en el que dentro de poco iba a hundirse una carta inconcebible como si se hundiera en la eternidad. Me aparté del farol; y las sombras me proporcionaron una especie de febril protección. De pronto un resplandor amarillo apareció en el vidrio de la puerta principal y en mi agitación solté el ala del sombrero. Instantes después estaba girando sobre un mismo punto, con las dos manos alzadas, como si el sombrero que acababa de serme arrebatado estuviera volando todavía alrededor de mi cabeza. Con un ligero golpe, el sombrero hongo cayó y rodó por la acera. Me precipité en pos de él, tratando de pisarlo para detenerlo: y en mi carrera casi choqué con Roman Bogdanovich, quien recogió mi sombrero con una mano, mientras sujetaba en la otra un sobre cerrado, blanco y enorme. Creo que mi aparición en su barrio a esa hora tan avanzada le desconcertó. Por un instante el viento nos envolvió en su violencia; grité un saludo, tratando de hacerme oír por encima del estruendo de la noche demente, y luego, con dos dedos, cogí ágil y limpiamente la carta de la mano de Roman Bogdanovich.

–La echaré en el buzón, la echaré en el buzón –grité–. Me viene de paso, me viene de paso...

Tuve tiempo de vislumbrar en su cara una expresión de alarma y de incertidumbre, pero me escapé inmediatamente, corriendo los veinte metros hasta el buzón en el que fingí meter algo, pero en lugar de eso estrujé la carta en mi bolsillo interior. En este momento me alcanzó. Reparé en sus zapatillas.

–Qué modales –dijo, muy molesto–. Tal vez no tenía ninguna intención de echarla. Tenga, aquí tiene usted su sombrero... ¿Ha visto alguna vez un viento como este?...

–Tengo prisa –jadeé (la rauda noche se llevó mi aliento)–. ¡Adiós, adiós!

Mi sombra, al sumergirse en la aureola del farol, se alargó y se me adelantó, pero luego se perdió en la oscuridad. Apenas dejé aquella calle, cesó el viento; todo estaba sorprendentemente quieto, y en medio de la quietud un tranvía gemía en una curva.

Subí sin mirar el número, porque lo que me atraía era la festiva luminosidad de su interior, ya que yo necesitaba luz inmediatamente. Encontré un cómodo asiento en un rincón y rasgué el sobre con frenética precipitación. Entonces alguien se acercó y, sobresaltado, puse el sombrero encima de la carta. Pero era solamente el cobrador. Fingí un bostezo y pagué tranquilamente el billete, pero tuve la carta oculta todo el rato, para estar a salvo de un posible testimonio en el tribunal: no hay nada más detestable que esos testigos anodinos, cobradores, taxistas, porteros. Se marchó y abrí la carta. Tenía diez páginas, escritas con letra redonda y sin una sola corrección. El principio no era muy interesante. Salté varias páginas y de pronto, como una cara familiar en medio de una confusa multitud, allí estaba el nombre de Smurov. ¡Qué suerte asombrosa!

«Me prepongo, mi querido Fyodor Robertovich, volver brevemente a ese granuja. Temo aburrirte pero, como dice el Cisne de Weimar –me refiero al ilustre Goethe– (seguía una frase en alemán). Permíteme por lo tanto explayarme de nuevo en el señor Smurov y ofrecerte un pequeño estudio sicológico...»

Hice una pausa y levanté los ojos hacia un anuncio de chocolate con leche con unos alpes lilas. Era mi última oportunidad de renunciar a penetrar en el secreto de la inmortalidad de Smurov. ¿Qué me importaba que esta carta atravesara en efecto un remoto paso montañoso para llegar hasta el próximo siglo, cuya misma denominación –un, dos y tres ceros– es tan fantástica que parece absurda? ¿Qué me importaba qué tipo de retrato pudiese «brindar», para utilizar su propia y detestable expresión, ese autor muerto hacía tiempo a su desconocida posteridad? Y de todos modos, ¿no era hora ya de abandonar mi empresa, de dar por terminada la caza, la vigilancia, el insensato intento de acorralar a Smurov? Pero, por desgracia, esta era una retórica mental: sabía perfectamente bien que ninguna fuerza en el mundo me impediría leer aquella carta.

«Tengo la impresión, querido amigo, de que ya te he escrito sobre el hecho de que Smurov pertenece a esa clase curiosa de gente que en una ocasión llamé "izquierdosos sexuales". Todo el aspecto de Smurov, su fragilidad, su decadencia, sus gestos remilgados, su afición al agua de colonia y, en particular, esas miradas furtivas, apasionadas que dirige constantemente hacia este, tu humilde servidor: todo ello hace tiempo que ha confirmado esta conjetura mía. Es notable que estos individuos sexualmente desgraciados, aunque suspiran físicamente por algún hermoso ejemplar de virilidad madura, a menudo eligen como objeto de su admiración (perfectamente platónica) a una mujer, una mujer a la que conocen bien, poco o nada. Y así, Smurov, a pesar de su perversión, ha elegido a Varvara como ideal. Esta gentil pero bastante estúpida muchacha es la prometida de un tal M. M. Mukhin, uno de los coroneles más jóvenes del Ejército Blanco, de modo que Smurov tiene la plena seguridad de que no se verá obligado a hacer lo que no es capaz de hacer ni desea hacer con ninguna dama, aunque fuese la mismísima Cleopatra. Además, el "izquierdoso sexual" –admito que encuentro la expresión excepcionalmente acertada– alimenta a menudo una tendencia a infringir la ley, infracción que se ve todavía más facilitada para él por el hecho de que ya existe allí una infracción a la ley de la naturaleza. Tampoco aquí nuestro amigo Smurov es ninguna

65

excepción. Imagínate que el otro día Filip Innokentievich Khrushchov me confió que Smurov era un ladrón, un ladrón en el sentido más repugnante de la palabra. Resulta que mi interlocutor le había entregado una tabaquera de plata con símbolos ocultos – un objeto muy antiguo– y le había pedido que se la enseñara a un experto. Smurov tomó esta hermosa antigüedad, y al día siguiente le comunicó a Khrushchov, con todos los signos externos de la consternación, que la había perdido. Escuché el relato de Khrushchov y le expliqué que a veces el impulso de robar es un fenómeno puramente patológico, que incluso tiene un nombre científico: cleptomanía. Khrushchov, como tantas personas agradables pero limitadas, empezó a negar ingenuamente que en el presente caso se tratara de un «cleptómano» y no de un delincuente. No expuse ciertos argumentos que sin duda le hubieran convencido. Para mí todo está más claro que la luz del día. En vez de motejar a Smurov con el humillante calificativo de "ladrón", lo compadezco sinceramente, por paradójico que parezca.

»El tiempo ha cambiado y está peor o, en realidad, está mejor, porque este viento y esta nieve a medio derretir, ¿no anuncian la llegada de la primavera, linda primaverita, que despierta vagos deseos incluso en el corazón de un hombre de edad? Recuerdo un aforismo que sin duda...»

Hojeé rápidamente la carta hasta el final. No había nada más de interés para mí. Carraspeé y con pulso firme doblé cuidadosamente las hojas.

—Final de trayecto, señor –dijo una voz áspera encima de mí.

Noche, lluvia, las afueras de la ciudad...

Vestido con un extraordinario abrigo de pieles con un cuello femenino, Smurov está sentado en un peldaño de la escalera. De pronto Khrushchov, también con abrigo de pieles, baja y se sienta a su lado. Para Smurov es muy difícil empezar, pero hay poco tiempo y tiene que decidirse. Libera una mano delgada, reluciente de anillos –rubíes, todos rubíes–, de la ancha manga de piel y, alisándose el cabello, dice:

–Hay algo que quiero recordarle, Filip Innokentievich. Por favor, escuche atentamente.

Khrushchov asiente. Se suena la nariz (tiene un fuerte resfriado de estar constantemente sentado en la escalera). Vuelve a asentir y se le mueve nerviosamente la nariz hinchada.

Smurov continúa:

–Voy a hablarle de un pequeño incidente que ocurrió hace poco. Por favor, escuche con atención.

–Para servirle –contesta Khrushchov.

–Me resulta difícil empezar –dice Smurov–. Podría traicionarme con una palabra imprudente. Escuche con atención. Escúcheme, por favor. Tiene que comprender que vuelvo a este incidente sin ninguna idea preconcebida. Ni siquiera se me ha pasado por la cabeza que podría tomarme por un ladrón. Usted mismo estará de acuerdo conmigo en que me es totalmente imposible saber que piensa esto: al fin y al cabo, no leo las cartas de los demás. Quiero que comprenda que el tema ha surgido por pura casualidad... ¿Me está escuchando?

–Siga –dice Khrushchov, arrebujándose en su abrigo de pieles.

–Muy bien. Volvamos atrás, Filip Innokentievich. Recordemos la miniatura de plata. Usted me pidió que se la enseñara a Weinstock. Escuche atentamente. Cuando me despedí de usted la tenía en la mano. No, no, por favor, no recite el alfabeto. Puedo comunicar con usted perfectamente sin el alfabeto. Y le juro, le juro por Vanya, le juro por todas las mujeres a las que he amado, le juro que cada palabra de la persona cuyo nombre no puedo pronunciar –ya que de otro modo usted creería que leo la correspondencia de los demás y que, por lo tanto, también soy capaz de robar–, le juro que cada palabra de él es mentira: la perdí de veras. Llegué a casa y ya no la tenía, y no es culpa mía. Lo que ocurre es que soy muy distraído, y que la quiero tanto.

Pero Khrushchov no cree a Smurov; sacude la cabeza. En vano Smurov jura, en vano retuerce sus relucientes manos blancas: es inútil, no hay palabras para convencer a Khrushchov. (Aquí mi sueño agotó su escasa provisión de lógica: a estas alturas la escalera en que tenía lugar la conversación estaba completamente sola en pleno campo, y debajo había jardines escalonados y una neblina de árboles de borrosa floración; las terrazas se extendían en lontananza, donde parecían distinguirse cascadas y praderas.)

–Sí, sí –dijo Khrushchov con voz dura y amenazadora–. Había algo dentro de aquella caja, por lo tanto es insustituible. Dentro estaba Vanya: sí, sí, esto les ocurre a veces a las muchachas... Un fenómeno muy raro, pero ocurre, ocurre...

Me desperté. Era muy temprano. Los cristales de la ventana vibraron al pasar un camión. Hacía tiempo que habían dejado de estar cubiertos de una película malva de escarcha, porque la primavera estaba cerca. Me detuve a pensar en cuántas cosas habían ocurrido últimamente, cuánta gente había conocido y qué fascinante, qué inútil era esta búsqueda de casa en casa, esta búsqueda mía del verdadero Smurov. De nada sirve fingir; todas estas personas que yo había conocido no eran seres vivientes sino solo espejos fortuitos para Smurov. Sin embargo, uno de ellos, y para mí el más importante, el espejo más resplandeciente de todos, se negaba a ofrecerme el reflejo de Smurov. Los anfitriones y los invitados del número 5 de Peacock Street se desplazaban delante de mí de la luz a la sombra, sin esfuerzo alguno, inocentemente, creados solo para mi entretenimiento. Una vez más Mukhin se levanta ligeramente del sofá y alarga la mano a través de la mesa hacia el cenicero, pero no veo la cara ni la mano con el cigarrillo, solo veo su otra mano, que (¡ya inconscientemente!) se apoya por un momento en la rodilla de Vanya. Una vez más Roman Bogdanovich, con barba y con un par de manzanas rojas por mejillas, inclina su cara congestionada para soplar en el té, y de nuevo Marianna se sienta y cruza las piernas, unas piernas delgadas con medias de color albaricoque. Y, bromeando –era Nochebuena, me parece–, Khrushchov se pone el abrigo de pieles de su mujer, adopta posturas de maniquí delante del espejo y se pasea por la habitación entre las carcajadas generales, que gradualmente empiezan a hacerse forzadas, porque Khrushchov siempre se excede en sus bromas. La preciosa manita de Evgenia, con las uñas tan brillantes que parecen húmedas, recoge una pala de ping-pong, y la pelotita de celuloide suena obediente a un lado y a otro de la red verde. De nuevo, en la penumbra flota Weinstock, sentado en su tabla de escritura espiritista como si fuera un volante; de nuevo, la criada –Hilda o Gretchen– pasa como en sueños de una puerta a otra, y de pronto empieza a susurrar y a salir, retorciéndose, del vestido. Siempre que lo desee, puedo acelerar o retardar a una lentitud ridícula los movimientos de toda esta gente, o distribuirlos en distintos grupos, o disponerlos en diseños diversos, iluminándolos unas veces desde abajo, otras desde un lado... Para mí, toda su existencia ha sido simplemente un débil resplandor en una pantalla.

Pero, un momento, la vida hizo un último intento por demostrarme que era real: opresiva y tierna, provocadora de excitación y tormento, dueña de cegadoras posibilidades para la felicidad, con lágrimas, con un cálido viento.

Aquel día subí al piso de ellos al mediodía. Encontré la puerta sin cerrar, las habitaciones vacías, las ventanas abiertas. En algún lugar, una aspiradora estaba poniendo toda su alma en un ardiente zumbido. De repente, a través de la puerta vidriera que conducía de la sala al balcón, vi la cabeza inclinada de Vanya. Estaba sentada en el balcón con un libro y –cosa bastante rara– era la primera vez que la encontraba sola en casa. Desde que había tratado de dominar mi amor diciéndome que Vanya, como todos los demás, existía únicamente en mi imaginación, y era un simple espejo, me había acostumbrado a adoptar un tono especial de desenvoltura con ella y ahora, al saludarla, dije sin la menor vergüenza que estaba «como una princesa que da la bienvenida a la primavera desde su altiva torre.» El balcón era bastante pequeño, con macetas vacías de color verde y, en un rincón, una olla de barro rota, que comparé mentalmente con mi corazón, pues ocurre a menudo que el estilo que utilizamos al hablar con una persona influye en nuestra manera de pensar en presencia de dicha persona. El día era cálido, si bien no muy soleado, con un toque de turbiedad y de humedad: la diluida luz del sol y una brisita achispada pero mansa, recién llegada de visitar algún jardín público donde la tierna hierba estaba ya velluda y verde contra el negro de la marga. Respiré a fondo este aire y me di cuenta simultáneamente de que solo faltaba una semana para la boda de Vanya. Esta idea me volvió a traer todo el anhelo y el dolor, me olvidé de nuevo de Smurov, olvidé que tenía que hablar despreocupadamente. Me volví y empecé a mirar hacia abajo, hacia la calle. Qué altos estábamos, y tan completamente solos.

—Tardará bastante todavía —dijo Vanya—. Te hacen esperar horas y horas en esas oficinas.

—Su vigilia romántica... —empecé, obligándome a mantener esa ligereza salvadora de vidas y tratando de convencerme de que la brisa vernal era también un poco vulgar, y de que me estaba divirtiendo enormemente.

Todavía no había mirado bien a Vanya; siempre necesitaba un poco de tiempo para aclimatarme a su presencia antes de mirarla. Ahora vi que llevaba una falda de seda negra y un pullover blanco con un escote bajo en V, y su peinado estaba especialmente cuidado. Continuó mirando el libro abierto a través de sus impertinentes: una novelita pogromista de una dama rusa de Belgrado o Harbin. Qué altos estábamos por encima de la calle, directamente en el cielo apacible, ajado... Dentro, la aspiradora dejó de zumbar.

—Ha muerto el tío Pasha —dijo, alzando la cabeza—. Sí, hemos recibido un telegrama esta mañana.

¿Qué me importaba si la existencia de ese anciano jovial e imbécil había llegado a su término? Pero ante la idea de que, junto con él, había muerto la más feliz, la más efímera imagen de Smurov, la imagen de Smurov el novio, sentí que no podía contener más la agitación que había estado brotando desde hacía tiempo en mi interior. No sé cómo empezó –tiene que haber habido algunos movimientos preparatorios–, pero recuerdo que me encontré sentado en el ancho brazo de la silla de mimbre de Vanya y ya le estaba agarrando la muñeca: ese contacto largo tiempo soñado, prohibido. Ella se sonrojó violentamente y de pronto sus ojos empezaron a brillarle con lágrimas: qué claramente veía su oscuro párpado inferior llenarse de reluciente humedad. Al mismo tiempo siguió sonriendo, como si con inesperada generosidad deseara otorgarme todas las diversas expresiones de su belleza.

–Era un viejo tan divertido –dijo, para explicar el resplandor de sus labios, pero la interrumpí:

–No puedo continuar así, no puedo aguantarlo más –musité, agarrándole con violencia la muñeca, que se puso rígida inmediatamente, y volviendo una obediente hoja del libro que tenía en el regazo–. Tengo que decirle... Pero ahora ya no importa..., me marcho y no volveré a verla nunca más. Tengo que decírselo. Al fin y al cabo, no me conoce... Pero en realidad llevo una máscara..., estoy siempre escondido detrás de una máscara...

–Vamos, vamos –dijo Vanya–, le conozco muy bien, y lo veo todo, y lo comprendo todo. Usted es una persona buena, inteligente. Espere un momento, voy a coger el pañuelo. Está sentado encima de él. No, se me ha caído. Gracias. Por favor, suélteme la mano, suélteme la mano: no tiene que tocarme así. Por favor, no...

Volvía a sonreír, levantando las cejas asidua y cómicamente, como si me invitase a que sonriera también yo, pero había perdido todo el control y una esperanza imposible revoloteaba en torno a mí; seguí hablando y gesticulando tan frenéticamente que el brazo de la silla de mimbre crujió, y hubo momentos en que la raya del cabello de Vanya estaba justo debajo de mis labios, con lo cual ella apartaba cuidadosamente la cabeza.

—Más que la vida misma —dije yo rápidamente—, más que la vida misma, y hace ya mucho tiempo, desde el primer instante. Y usted es la primera persona que me ha dicho que soy bueno...

—Por favor, no —suplicó Vanya—. Solo se está haciendo daño a sí mismo y a mí. Mire, ¿por qué no me deja que le cuente cómo se me declaró Roman Bogdanovich? Fue tan divertido...

—No se atreva —grité—. ¿A quién le importa ese payaso? Lo sé, sé que sería feliz conmigo. Y si hay algo en mí que no le gusta, cambiaré de la forma que usted quiera.

—Me gusta todo de usted —dijo Vanya—, incluso su imaginación poética. Incluso su propensión a exagerar a veces. Pero sobre todo me gusta su bondad: pues es usted muy bondadoso y quiere mucho a todo el mundo, y luego es siempre tan absurdo y encantador. De todos modos, le suplico que deje de agarrarme la mano, o tendré que irme.

—Entonces, después de todo, ¿hay esperanza? —pregunté.

—Absolutamente ninguna —dijo Vanya—. Y usted lo sabe perfectamente bien. Y además, él va a llegar en cualquier momento.

—No puede amarlo —grité—. Se está engañando a sí misma. No es digno de usted. Puedo contarle cosas horribles de él.

—Basta ya —dijo Vanya, e hizo ademán de levantarse.

Pero al llegar a este punto, con el deseo de detener su movimiento, la abracé involuntaria e incómodamente, y, al contacto cálido, lanoso y transparente de su pullover, empezó a burbujear dentro de mí un placer turbio, atroz; estaba dispuesto a todo, incluso a la tortura más repugnante, pero tenía que besarla por lo menos una vez.

—¿Por qué lucha? —balbuceé—. ¿Qué le cuesta? Para usted no es más que un pequeño gesto caritativo..., para mí lo es todo.

Creo que podría haber consumado un estremecimiento de éxtasis oneirótico si hubiese podido abrazarla unos segundos más;

pero consiguió soltarse y ponerse en pie. Se alejó hacia la baranda del balcón, carraspeando y mirándome con ojos entrecerrados, y en algún lugar del cielo se elevó una larga vibración parecida a un arpa: la nota final. No tenía nada más que perder. Lo revelé todo, grité que Mukhin no la amaba ni podía amarla, en un torrente de vulgaridad le describí la certeza de nuestra felicidad si se casaba conmigo y, finalmente, sintiendo que estaba a punto de echarme a llorar, arrojé su libro, que de algún modo tenía en mis manos, y me volví para marcharme, dejando a Vanya para siempre en su balcón, con el viento, con el calinoso cielo primaveral y con el misterioso sonido de contrabajo de un avión invisible.

En el salón, no muy lejos de la puerta, Mukhin estaba sentado, fumando. Me siguió con la mirada y dijo con calma:

—Nunca creí que fuera tan canalla.

Lo saludé con una ligera inclinación de cabeza y salí.

Descendí a mi habitación, cogí el sombrero y me precipité a la calle. Al entrar en la primera floristería que vi, empecé a taconear y a silbar, pues no había nadie a la vista. El delicioso aroma fresco de las flores a mi alrededor estimulaba mi voluptuosa impaciencia. La calle se prolongaba en el espejo lateral contiguo al escaparate, pero no era más que una prolongación ilusoria: un coche que había pasado de izquierda a derecha desapareció repentinamente, si bien la calle lo esperaba imperturbable; otro coche, que se había estado acercando en sentido contrario, desapareció también: uno de los dos había sido solo un reflejo. Finalmente apareció la dependienta. Elegí un gran ramo de lirios de los valles. Frías gemas goteaban de sus resistentes campanillas, y el dedo anular de la dependienta estaba vendado: debía de haberse pinchado. Se dirigió al mostrador y durante largo tiempo estuvo atareada haciendo crujir una gran cantidad de papel desagradable. Los tallos fuertemente atados formaban una gruesa y rígida salchicha; nunca había imaginado que los lirios de los valles pudiesen ser tan pesados. Al empujar la puerta, observé el reflejo en el espejo lateral: un joven con un sombrero hongo y con un ramo en las manos se acercó apresuradamente hacia mí. Aquel reflejo y yo nos fundimos en uno. Salí a la calle.

Caminé muy deprisa, con pasos menudos, rodeado de una nubecita de humedad floral, intentando no pensar en nada, intentando creer en el maravilloso poder curativo del lugar concreto hacia el que me apresuraba. Ir allí era la única forma de impedir el desastre: la vida, sofocante y onerosa, llena de tormento familiar, estaba a punto de abalanzarse de nuevo sobre mí y de refutar groseramente que era un fantasma. Es espantoso cuando la vida real de pronto resulta ser un sueño, pero ¡cuánto más espantoso cuando lo que uno ha creído que era un sueño –fluido e irresponsable– de pronto empieza a cuajarse como realidad! Tenía que poner fin a esto, y sabía cómo hacerlo.

Al llegar a mi destino, empecé a tocar el timbre, sin detenerme a recuperar el aliento; toqué como si estuviera apagando una sed insoportable: largamente, con avidez, totalmente olvidado de mí mismo.

–Está bien, está bien, está bien –refunfuñó ella, abriendo la puerta.

Crucé precipitadamente el umbral y arrojé el ramo en sus manos.

–¡Oh, qué hermoso! –dijo y, ligeramente desconcertada, me clavó sus viejos ojos azul claro.

–No me dé las gracias –grité, alzando impetuosamente la mano–, pero hágame un favor: permítame que eche un vistazo a mi antigua habitación. Se lo suplico.

–¿La habitación? –dijo la anciana–. Lo siento, pero, por desgracia, no está libre. Pero qué hermoso, qué amable de su parte...

–No me ha comprendido bien –dije, temblando de impaciencia–. Solo quiero echar un vistazo. Eso es todo. Nada más. Por las flores que le he traído. Por favor. Estoy seguro de que el huésped se ha ido a trabajar...

Deslizándome hábilmente por delante de ella, corrí por el pasillo y ella me siguió.

—Por el amor de Dios, la habitación está alquilada —seguía repitiendo—. El doctor Galgen no tiene intención de irse. No puedo dársela.

Abrí la puerta de un tirón. Los muebles de alguna manera estaban distribuidos de un modo distinto; en el aguamanil había un jarro nuevo; y, en la pared de detrás, encontré el agujero, cuidadosamente tapado con yeso: sí, en el momento en que lo encontré me sentí más tranquilo. Con la mano apretada en el corazón, contemplé la huella secreta de mi bala: era mi prueba de que realmente había muerto; el mundo recobró de inmediato su tranquilizadora insignificancia: volvía a ser fuerte, nada podía herirme. Con un amplio gesto de mi fantasía estaba listo para evocar la sombra más temible de mi existencia anterior.

Con una solemne inclinación a la anciana, salí de la habitación donde una vez un hombre se había doblado en dos al disparar el resorte fatal. Al pasar por el vestíbulo, vi mis flores sobre la mesa y, fingiéndome distraído, las recogí rápidamente, diciéndome que la estúpida vieja era poco digna de un regalo tan caro. En efecto, podría enviárselas a Vanya con una nota triste y a la vez divertida. La húmeda frescura de las flores resultaba agradable; el delgado papel había cedido en algunas partes y, al apretar con los dedos el fresco cuerpo verde de los tallos, recordé el gorgoteo y el goteo que me habían acompañado a la nada. Paseé con calma por el borde mismo de la acera y, entrecerrando los ojos, imaginé que avanzaba por el borde de un precipicio cuando de pronto una voz me llamó a mi espalda.

—Gospodin Smurov —dijo en un tono alto pero vacilante.

Al sonido de mi nombre me volví, pisando involuntariamente el pavimento con un pie. Era Kashmarin, el marido de Matilda, y se estaba sacando un guante amarillo, con una prisa tremenda por ofrecerme la mano. Iba sin su famoso bastón y de algún modo había cambiado: tal vez estaba más gordo. Tenía una expresión azorada y sus dientes grandes y sin brillo simultáneamente rechinaban al guante rebelde y me sonreían a mí. Por fin su mano avanzó efusiva hacia mí con los dedos extendidos. Sentí una extraña debilidad; estaba profundamente conmovido; mis ojos empezaron incluso a escocerme.

–Smurov –dijo–, no puede imaginar cómo me alegra haber topado con usted. Lo he estado buscando frenéticamente, pero nadie sabía su dirección.

Entonces me di cuenta de que estaba escuchando demasiado cortésmente a esta aparición de mi vida anterior y, decidido a bajarle los humos, le dije:

–No tengo nada que discutir con usted. Debería agradecerme que no le demandara.

–Mire, Smurov –dijo con tono lastimero–, estoy tratando de disculparme de mi mal genio. No pude vivir en paz después de nuestra –mmm– acalorada discusión. Me sentí terrible. Permítame que le confiese algo, de caballero a caballero. Vea, después me enteré de que usted no era el primero ni el último, y me divorcié; sí, me divorcié.

–Usted y yo no tenemos nada que discutir –dije, y olí mi grueso y frío ramo.

–¡Oh, no sea tan rencoroso! –exclamó Kashmarin–. Vamos, pégueme, deme un buen puñetazo, y así haremos las paces. ¿No quiere? Ve, está sonriendo (es una buena señal; no se esconda detrás de esas flores), puedo ver que sonríe. Bueno, ahora podemos hablar como amigos. Permítame que le pregunte cuánto dinero gana.

Seguí poniendo mala cara un rato más y luego le contesté. Desde el principio había tenido que controlar el deseo de decir algo agradable, algo para mostrar lo conmovido que estaba.

–Bueno, entonces, mire –dijo Kashmarin–. Le conseguiré un

trabajo en el que pagan el triple. Venga a verme mañana por la mañana al Hotel Monopole.

Le presentaré a una persona útil. El trabajo es una oportunidad y no quedan descartados viajes a la Costa Azul y a Italia. Negocios de automóviles. Vendrá a verme, entonces.

Había dado en el blanco, como dicen. Hacía tiempo que estaba harto de Weinstock y sus libros. Empecé a oler de nuevo las frías flores, ocultando en ellas mi alegría y mi agradecimiento.

Kashmarin se había llevado otra imagen de Smurov. ¿Importa cuál? Porque no existo; lo que existe son los millares de espejos que me reflejan. Cada vez que conozco a alguien, aumenta la población de fantasmas que se parecen a mí. Viven en alguna parte, se multiplican en alguna parte. Solo yo no existo. Sin embargo, Smurov seguirá viviendo por mucho tiempo. Los dos muchachos, aquellos alumnos míos, envejecerán y alguna que otra imagen mía vivirá en ellos como un parásito tenaz. Y luego llegará el día en que morirá la última persona que me recuerde. Mi imagen, un feto de ese último testigo del delito que cometí por el simple hecho de haber nacido. Tal vez una historia casual sobre mí, una simple anécdota en la que aparezco yo, pasará de él a su hijo o a su nieto, y así mi nombre y mi fantasma aparecerán fugazmente aquí y allá por un tiempo más. Luego llegará el final.

Y, sin embargo, soy feliz. Sí, soy feliz. Lo juro, juro que soy feliz. Me he dado cuenta de que la única felicidad en este mundo consiste en observar, espiar, acechar, escudriñarse a uno mismo y a los demás, no ser más que un gran ojo, ligeramente vítreo, algo inyectado en sangre, imperturbable. Juro que esto es la felicidad. Qué importa que sea un poco chabacano, un poco detestable, y que nadie aprecie todas las cosas extraordinarias que hay en mí: mi fantasía, mi erudición, mi talento literario... Soy feliz de poder contemplarme a mí mismo, porque cualquier hombre es absorbente: ¡sí, realmente absorbente! El mundo, por mucho que lo intente, no puede insultarme. Soy invulnerable. ¿Y qué me importa si se casa con otro? A menudo sueño con sus vestidos y cosas en un interminable tendedero de éxtasis, en un incesante viento de posesión, y su marido nunca sabrá lo que hago con las sedas y las lanas de la bruja danzante. Este es el logro supremo del amor. Soy feliz: ¡sí, feliz! ¿Qué más puedo hacer para demostrarlo, cómo puedo proclamar que soy feliz? Oh, gritarlo para que por fin todos me creáis, gente cruel, pagada de sí misma...

Traducción de Juan Antonio Masoliver Ródenas

Una extraña historia situada en el ambiente típico de las primeras novelas de Nabokov, el universo cerrado de la emigración rusa en la Alemania prehitleriana. En medio de esta burguesía ilustrada y expatriada, Smurov, el protagonista de la historia y suicida frustrado, es unas veces espía bolchevique y otras héroe de la guerra civil; enamorado sin fortuna un día y homosexual al día siguiente. De modo que, sobre una base de novela de misterio (en la que sobresalen dos escenas memorables, excelsamente nabokovianas: la del librero Weinstock invocando a los espíritus de Mahoma, César, Pushkin y Lenin, y el desgarrador y sospechoso relato de Smurov acerca de su huida de Rusia), Nabokov constituye una narración que va mucho más lejos, porque el enigma a desvelar es el de una identidad capaz de mudar de color con la misma frecuencia que un camaleón.

Orgía de la confusión, baile de las identidades, celebración del guiño, *El ojo* es una inquietante y deliciosa novela corta de Nabokov.

«Lo esencial, y lo permanente, reside en el placer de la narración, en la dislocación de las perspectivas, en el movimiento de los personajes, en la calidad de las situaciones» (Miguel García-Posada, *ABC*).

«Apoteosis del juego de los espejos y las mentiras, fabulación pesimista e irónica y abrumador retrato de los primeros exiliados de la revolución soviética» (*El País*).

Vladimir Nabokov (1899-1977) es uno de los más extraordinarios escritores del siglo XX. En Anagrama se le ha dedicado una «Biblioteca Nabokov» que recoge una amplísima muestra de su talento narrativo. En «Compactos» se han publicado los siguientes títulos: *Mashenka, Rey, Dama, Valet, La defensa, El ojo, Risa en la oscuridad, Desesperación, Invitado a una decapitación, El hechicero, La verdadera vida de Sebastian Knight, Nikolái Gógol, Barra siniestra, Lolita, Pnin, Pálido fuego, Habla, memoria, Ada o el ardor, Una belleza rusa y ¡Mira los arlequines!; Gloria, La dádiva, Cosas transparentes y El original de Laura* pueden encontrarse en «Panorama de narrativas», mientras que sus *Cuentos completos* están incluidos en la colección «Compendium». *Opiniones contundentes*, por su parte, ha aparecido en «Argumentos».

www.anagrama-ed.es
X AnagramaEditor
F AnagramaEditorial
○ anagramaeditor
♪ AnagramaEditor

9 788433 927309